## 读客悬疑文库

认准读客读悬疑,本本都是大师级

# 天花板上的散步者

## 江户川乱步名侦探篇

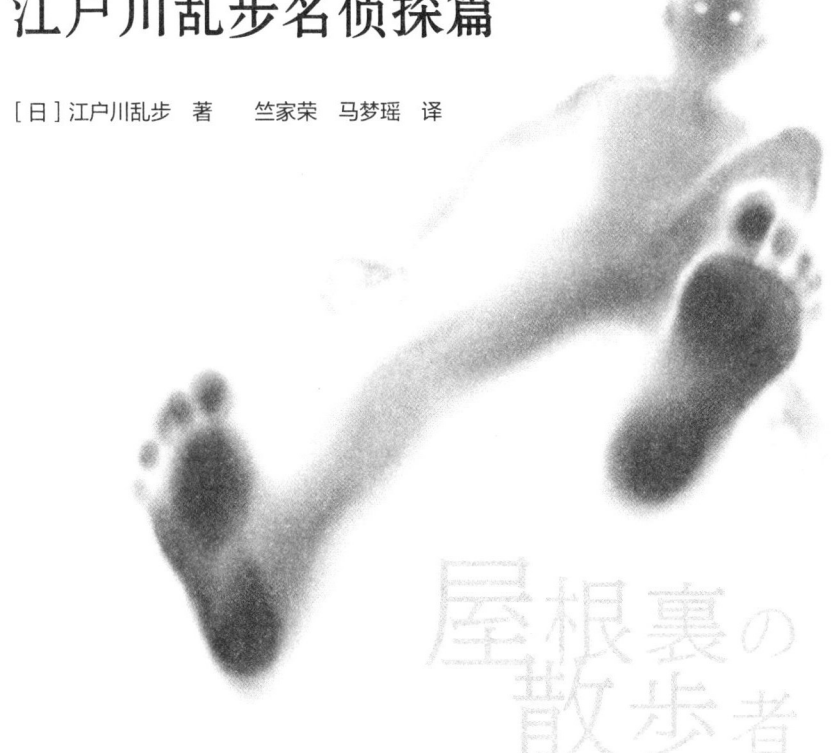

[日]江户川乱步 著　竺家荣 马梦瑶 译

海南出版社
·海口·

# 图书在版编目（CIP）数据

天花板上的散步者：江户川乱步名侦探篇 /（日）江户川乱步著；竺家荣，马梦瑶译. — 海口：海南出版社，2023.1（2025.2重印）.

ISBN 978-7-5730-0867-1

Ⅰ.①天… Ⅱ.①江… ②竺… ③马… Ⅲ.①推理小说 - 小说集 - 日本 - 现代 Ⅳ.① I313.45

中国版本图书馆 CIP 数据核字（2022）第 216913 号

## 天花板上的散步者：江户川乱步名侦探篇
TIANHUABAN SHANG DE SANBUZHE:
JIANGHUCHUANLUANBU MING ZHENTAN PIAN

| 作　　者 | ［日］江户川乱步 |
| --- | --- |
| 译　　者 | 竺家荣　　马梦瑶 |
| 责任编辑 | 徐雁晖　　项　楠 |
| 特约编辑 | 齐海霞　　宋　琰 |
| 封面设计 | 朱雪荣 |
| 内文插画 | 朱雪荣 |
| 印刷装订 | 三河市中晟雅豪印务有限公司 |
| 策　　划 | 读客文化 |
| 版　　权 | 读客文化 |
| 出版发行 | 海南出版社 |
| 地　　址 | 海口市金盘开发区建设三横路2号 |
| 邮　　编 | 570216 |
| 编辑电话 | 0898-66822026 |
| 网　　址 | http://www.hncbs.cn |
| 开　　本 | 890毫米×1270毫米 1/32 |
| 印　　张 | 9.5 |
| 字　　数 | 191千 |
| 版　　次 | 2023年1月第1版 |
| 印　　次 | 2025年2月第6次印刷 |
| 书　　号 | ISBN 978-7-5730-0867-1 |
| 定　　价 | 49.90元 |

如有印刷、装订质量问题，请致电 010-87681002（免费更换，邮寄到付）

**版权所有，侵权必究**

我认为最好的侦探方法,是从心理角度看透人的内心。

——明智小五郎

# 目录

- 001　D坂杀人事件
- 035　心理测试
- 069　黑手帮
- 097　天花板上的散步者
- 141　罪犯是谁
- 207　月亮与手套

- 275　乱步谈侦探
  我的侦探爱好 | 侦探趣味 | 幻影城主
- 291　江户川乱步大事记

# D坂杀人事件

江户川乱步名侦探篇

## （上）事实

案件发生在九月上旬的一个闷热的傍晚。那天我正在咖啡馆喝着冰咖啡，就是我常去的位于D坂大街中部的白梅轩。当时我刚毕业，还没有找到像样的工作，整天无所事事地在寄宿屋里看书，看烦了就出去漫无目的地散步，或是找个比较省钱的咖啡馆泡一泡。这家白梅轩离我的住处最近，我无论去哪边散步都会经过它，所以来这里的次数最多。不过，我这个人有个怪毛病，一进咖啡馆，就会坐上好久。我本来吃得就少，加之囊中羞涩，所以一盘西餐也不点，只喝两三杯廉价咖啡，这么坐上一两个小时。我倒不是想招惹女招待，或是跟她们调情，只是觉得这地方毕竟比我的房间雅致些，待着心情舒畅。这天晚上，我同往常一样，要了杯冰咖啡，占据了面对街道的窗边位子，花上十分钟慢悠悠地喝着，一边呆呆地望着窗外。

说到这白梅轩所在的D坂，从前以制作菊花人偶①而闻名。案发

---

① 菊花人偶：将菊花、菊叶装饰在竹编骨架上做成的人偶。——译者注（如无特别说明，书中注释均为译者注。）

的时候，原本狭窄的街道由于市政改建，刚刚拓宽成数米宽的大马路，马路两旁的店铺稀稀拉拉，还有不少空地，比现在的街面冷清多了。隔着大马路，在白梅轩正对面有一家旧书店，我一直盯着的就是它。虽说这家旧书店很是寒酸冷清，没什么值得看的景色，我却对它抱有特殊的兴趣。因为近来我在这个白梅轩结识了一位奇妙之人，名叫明智小五郎，跟此人一聊，觉得他与众不同而且聪敏过人。我欣赏他是因为他也喜欢侦探小说，而且前几天听他说，他从小一起长大的朋友，如今是这家旧书店的老板娘。我曾在这家书店买过两三本书，在我的印象里，这店主人的妻子是个大美人，虽然说不出她怎么好看，就是觉得她颇有风情，对男人有种吸引力。由于晚上都是她在店里照看生意，所以我想今晚她也必定在店里，就一直朝店里张望。那小店的门脸只有四米多宽，却没有看见那个女人。我心想，她早晚会出现的，便目不转睛地守望着。

然而，瞧了好久也不见那老板娘出现。我有些不耐烦，正欲将视线转向隔壁的钟表店时，忽然听见分隔店头与里间的拉门"咔嗒"一声关闭了。内行称这种拉门为"无窗"，其中央糊纸的部分由密实重叠的竖条木格替代，每条木格约一点五厘米宽，可以开合，真是巧妙的机关。旧书店常有小偷出现，书店主人即便不在店里守着，通过这个格子窗也可以监视书店内部。可是，现在那个格子窗竟然关上了，实在不合常理。若是寒冬腊月另当别论，可现在刚进入九月，正是天气闷热的傍晚时分，那拉门却关得严严实实的，很令人生疑。我想到这儿,觉得那旧书店里面大概发生了什么事,就不看别处了,一直盯着对面。

说到旧书店的老板娘,那时我也曾听咖啡馆的女招待议论过她,其实是她们从澡堂里遇见的婆娘或姑娘那里听来的闲言碎语。"别看旧书店的老板娘打扮得那么漂亮,脱了衣服后,浑身都是伤呢!肯定是被人打的或是掐的。可是看他们夫妻俩挺恩爱的,你说奇怪不奇怪?"别的女人也接过话茬儿说:"那个与书店相隔一店的旭屋炒面馆的老板娘身上也总是青一块紫一块的,肯定也是被打成那样的。"……这些传言说明了什么呢?我并未多加留意,以为只是男主人性情粗暴些罢了。但是,各位读者,事情并非那么简单。虽是小事一件,与我下面要讲的故事可有着密切关联,看到后面就明白了。

这件事暂且不提。我就这样目不转睛地盯了那书店半小时,大概因为有种不祥的预感吧,我的视线一直没敢离开书店,仿佛一离开就会出什么事似的。就在这时,刚才我提到的那位明智小五郎,身着经常穿的粗条纹单和服,晃悠着肩膀从窗外走过。他看到我在店里,向我点了点头,走进咖啡馆,要了杯冰咖啡,面对窗户在我旁边坐了下来。他发觉我总是瞧着一个地方后,便顺着我的视线,也向对面旧书店望去。而且,奇妙的是,他似乎也对书店颇有兴趣,眼睛一眨不眨地看着对面。

我们俩就这样不约而同地一边瞧着同一个地方,一边东拉西扯。当时我们都说了些什么,现在已经记不清,且与这个故事关系不大,故而略去，但可以肯定的是，聊天的内容是关于犯罪与侦探方面的，在此仅举一例。

小五郎说："这世上存在绝对破不了的案子吗？我认为可能有。例如谷崎润一郎的《途中》里描写的案子是绝对破不了的，虽然那个小说中的侦探最后破了案，但也是作者凭借非凡想象力创作出来的。"

"我可不这么看。"我说，"实际情况姑且不谈，从理论上讲，没有侦探破不了的案件。只不过现在，警察中没有像《途中》描写的那样高明的侦探罢了。"

聊的差不多就是这些。但是，在某个瞬间，我们两个同时不说话了，因为我们边聊天边注意观察的对面旧书店里发生了奇怪的事情。

"你好像也注意到了？"我小声问他。

他立即答道："是偷书贼吧？真是怪事啊，我进店以后，一直瞧着呢，已经是第四个了。"

"你来这儿还不到三十分钟呢，三十分钟里就有四个偷书的，有点奇怪啊！你来之前，我就一直盯着那个地方，那不是有个拉门吗，差不多一个小时前，我看到那个拉门的格子窗被人关上了。我从那时一直盯到现在了。"

"是不是店家出去了？"

"可是，那个拉门一次也没有拉开过。如果出去了，也是从后门……三十分钟都没有人看店，的确不太正常啊！怎么样，要不咱们去看看？"

"好吧。即使屋里没什么事，也可能在外面遇到了什么麻烦。"

要是赶上一桩犯罪案，就有意思了，我边想边走出咖啡馆。小五郎一定也是这样想的，显得很兴奋。

和一般的旧书店一样，书店内没有铺地板，正对面及左右两侧墙壁，都排列着高达天花板的书架，书架半腰放着方便摆放书籍的台架。在店中央有一张长方形的桌子，像个小岛似的，也是用来摆放书籍的。正对面书架的右边空出了约一米宽的通道，可通往里间，通道上装有先前提到的那个拉门。书店老板或老板娘平常总是坐在拉门前的半张榻榻米上，照看店里的买卖。

小五郎和我一直走到那个拉门跟前，高声打招呼，却无人应答，里面好像没有人。我稍稍拉开拉门，向里面的房间窥视，屋里电灯关着，黑乎乎的，隐约看见好像有个人躺在房间角落里。我觉得奇怪，又喊了一声，依然没人应答。

"干脆，咱们进去看看吧。"

于是，我俩噔噔噔地走进了里间。小五郎打开了电灯，就在这一瞬间，我俩同时"啊"地叫了一声，因为被灯光照亮的房间角落里躺着一具女尸。

"这不是老板娘吗？"我好不容易才说出话来，"看样子是被人掐死的。"

小五郎走近尸体，观察了一番。

"好像已经不行了。要赶快报告警察。这样吧,我去打电话,你在这儿守着。先不要告诉邻居,现场被破坏就麻烦了。"

他用命令的口吻说完,就朝五十米开外的电话亭奔去。

尽管平时谈论起犯罪和侦探,我总是讲得头头是道,可遇到真实案件还是头一次。我手足无措,不知该干什么,只能木呆呆地凝望着房间里面的可怕情景。

整个房间有六叠①大小,右后方隔着一条窄小的走廊,是约六平方米的小院和厕所,院墙是木板做的。因为是夏天,所有房门都开着,所以能够一眼看到后院。左半间是合页门,里面是两叠大小的地板间,连着狭小的厨房,由厨房通往后门的高腰拉门关闭着。右侧的四张隔扇是关着的,隔扇里面可能是通向二层的楼梯和储物间。整个屋子是非常普通的简陋长屋的布局。

尸体靠近左侧墙壁,头朝着店内方向。我尽量远离尸体,一是为了不破坏犯罪现场,二是因为害怕。可是,房间这么小,即使不想看,眼睛也不由自主地转向那边。女人穿着粗格单和服,仰面躺着,但是单和服下摆被卷到膝盖以上,裸露着大腿,没有抵抗的痕迹。脖子看不清楚,但被掐过的地方好像已经变紫了。

大街上行人络绎不绝。人们大声说着话,咔嗒咔嗒地趿拉着木屐走路,有人醉醺醺地边走边高唱流行曲,一派太平之景。然而就在一

---

① 叠:日本常用的面积单位,1叠约1.62平方米。

道拉门之隔的房间内,一个女人惨遭杀害,陈尸地上,太具有讽刺意味了。我莫名地伤感起来,茫然伫立。

"他们说马上就到!"明智气喘吁吁地回来了。

"噢,是吗?"

我觉得说话都费力了。接下来我俩一直四目相对,默默无语。

过不多久,一位穿制服的警官和一位穿西装的人赶到了。后来知道,穿制服的警官是K警署的司法主任,另一位从面相和携带的东西可以猜到,是该警署的法医。我们向司法主任一五一十地叙述了发现尸体的过程。最后,我补充道:"这位明智先生进入咖啡馆时,我下意识看了一眼钟表,刚好是八点半,所以这拉门关闭的时间应该是八点左右。我记得那时房间里还亮着灯,说明至少在八点钟左右的时候,这个房间里还有活着的人。"

司法主任边听我们讲述,边在笔记本上做记录。此时,法医已检验完尸体,等着我们的谈话告一段落。

"死者是被掐死的,是用手掐的。请看这里,这变紫的地方有手指的痕迹。还有,这个血痕是指甲造成的。从拇指的痕迹在颈部右侧来看,是用右手掐的。估计死亡时间不超过一小时,但是已经不可能救活了。"

"这么说是被人由上往下掐的了。"司法主任思索着说,"可是,死者又没有抵抗的迹象……大概动作很猛,力量特别大。"

说完,他转向我们,询问这家书店的男主人在哪里。我们当然不知道。于是，小五郎很机灵地出去叫来了隔壁的钟表店老板。

司法主任与钟表店老板的问答如下：

"这个店的男主人到什么地方去了？"

"这家老板每晚都去摆夜摊，一般不到十二点是不会回来的。"

"去什么地方摆夜摊？"

"好像经常去上野的广小路那边，但今晚去了什么地方，我也说不好。"

"大约一个小时之前，你有没有听到什么动静？"

"您问什么动静？"

"这还不明白吗？就是这个女人被害时发出的叫喊声或者搏斗声……"

"好像没有听到不寻常的声音。"

这期间，住在附近的人听到消息都跑来了，加上路过看热闹的，旧书店门口已经被围得水泄不通。人群中有位旧书店另一侧隔壁的袜子店老板娘，也帮着钟表店老板说话，并且说她也没听到什么声音。

这期间，邻居们经过一番商议，派了一个人去找旧书店的男主人。

这时，店外传来汽车停车的声音，随后一帮人鱼贯而入。他们是接到了警方的急报后立即赶来的检察厅的人，以及恰好同时赶到的K警署的署长，另外还有当地的名侦探小林刑警——当然我是事后才知道他的身份的。我有一位做司法记者的朋友，与负责本案的小林刑警很有交情，所以，后来我从他那里了解到了许多关于本案的情况。先一步到现场的司法主任向他们说明了到目前为止的所有情况，我和小五郎也不得不重复一遍刚才的陈述。

"把店门关上！"

突然，一位身着羊驼呢外衣和白色西裤的基层公务员模样的男人高声喊道，并迅速关上大门。此人就是小林刑警。他驱散了看热闹的人之后，立即开始勘查。他旁若无人地四处查看，似乎没把检察官和警察署长等人放在眼里。自始至终都是他一个人在忙活，其他人就像是专门为了旁观他那敏捷的动作而赶来的。小林刑警首先检查了尸体，尤其对脖颈周围看得十分仔细，看完后对检察官说：

"这个指痕没有什么特征。也就是说，除了说明是用右手掐的，没有其他线索。"

然后，他说最好对尸体进行一次裸体检查。于是，就像召开秘密会议一样，我们这些旁观者都被赶到房间外的店里。所以，这段时间里有什么新发现，我不太清楚。但据我推测，他们一定会注意到死者身上有很多新伤，就像咖啡馆女招待说的那样。

不多久，这场秘密会议结束了，但我们仍然没敢进入里间，只是从店内与内室之间的拉门空隙向里面张望。幸运的是，我们是案件的发现者，而且，回头他们还要取小五郎的指纹，所以我们俩一直待到最后，没有被赶走，或者说是被扣留下来的更准确。小林刑警的搜查并不限于内室，而是屋内屋外全面搜查。我们一直待在一个地方，按

011

说看不到他搜查的过程，不过恰好检察官始终坐镇内室，一直没有挪地方，所以，小林刑警进进出出，逐一向检察官报告搜查结果，我们都能一字不漏地听到。检察官让书记员将小林刑警的报告记录下来，写成案情调查材料。

小林刑警首先对尸体所在的内室进行了搜查，好像没有发现任何罪犯的遗留物、足迹或其他值得注意的东西，只有一个东西除外。

"电灯的开关上有指纹。"向黑色硬橡胶开关上撒了什么白粉的小林侦探说，"从前后情况来看，关电灯的肯定是凶手。请问二位是谁开的灯？"

小五郎说是他。

"是吗？好吧，回头让我们取一下你的指纹。把这个开关整个取下来带走，注意不要触摸。"

之后，小林刑警爬上二楼，在上面待了好久才下来，下来后说了句"得马上去查看一下后门的通道"就出去了。过了大约十分钟，他拿着亮灯的手电筒，带着一个男人回来了。这个男人四十岁左右，上身穿着绉绸衫，下身是草绿色裤子，浑身脏兮兮的。

"脚印查不到了。"小林刑警报告，"后街可能是因为日照差，路面很泥泞，木屐脚印乱糟糟的，根本无法分辨。不过，这个人，"他指着带回来的男人说，"他的冰激凌店开在后门胡同出口的拐角处，这是条只有一侧能出入的胡同。所以，罪犯从后门逃走的话，必然会被这个人看到。喂，你再回答一遍我的问题。"

于是，冰激凌店老板与小林刑警开始了问答。

"今晚八点前后，有人进出过这条胡同吗？"

"一个人也没有。天黑以后，就连猫崽都没见到一只。"冰激凌店老板的回答很干脆，"我在这儿开店很久了，这几栋房子里的婆娘夜间很少走这条小道，因为路不好走，又特别昏暗。"

"来你店里的顾客，有没有人进过胡同呢？"

"也没有。所有人都是在我面前吃完冰激凌后，就原路返回了。这一点我敢肯定。"

假如这个冰激凌店老板的证词可信，那么，罪犯即使从这家的后门逃走，也没有从这个后门的唯一通道出去。虽说如此，但也没有人从书店正门出来，因为我们一直在白梅轩盯着店门口，绝对不会有错。那么，凶手是怎么逃走的呢？按照小林刑警的猜想，凶手逃走的方式只有两种：潜伏在这条胡同两侧住户的家中，或者凶手本人就是其中的租户。当然他也有可能从二楼沿着屋顶逃走，但是根据对二楼进行的调查，临街的格子窗都是关着的，没有动过的迹象。而后面的窗户，由于天气闷热，所有人家的二楼都开着窗户，有的人还在露台上乘凉，所以从那儿逃走似乎是比较难的。

于是，所有办案人员开了个短会研究侦查方向，最后决定分组行动，挨家挨户搜查附近的住家。实际上，前后左右的住户总共只有十一家，搜查起来并不费事。与此同时，小林刑警再次对旧书店进行了仔细勘查，从房檐下面到天花板里面，彻底搜查了一遍。结果，不仅没有得到任何线索，反而把事情搞复杂了。原来，他发现与旧书店一店之隔的点心铺老板，从天一擦黑到刚才，一直在屋顶的露台上吹尺八①，他坐的位置正对着旧书店二楼的窗户，无论发生什么事都逃不过他的眼睛。

各位读者，这个案子变得越来越有趣了。凶手到底是从哪里进入，又是从哪里逃走的呢？既不是后门，也不是二楼的窗户，当然也不可能是前门了。难道说从一开始他就不存在吗？抑或像烟一样消失不见了？不可思议的事还不止这些。小林刑警带到检察官面前的两个学生说的情况更奇怪。他俩是租住在后面房子里的某工业学校的学生，二人都不像是说假话的人，可是他们说的情况使这个案子变得更加匪夷所思了。

对检察官的提问，他们大体是这么回答的：

"八点钟左右，我就站在这家旧书店里，翻看放在那张桌子上的杂志。这时听见里边响了一声，我抬头看向里面，纸拉门虽然关着，但那个格子窗是开着的，我透过格子的缝隙看到里面站着一个男人。但是，我刚朝那里看时，那男人就关上了格子窗，所以没有看清楚，从他的腰带来看，肯定是个男人。"

"那么，除了可以判断是个男人，有没有注意到其他什么？比如身高，或者衣服图案。"

---

① 尺八：乐器名称。

"我看到的只是腰部以下,所以不知道个子多高,但衣服是黑色的,也可能有细条或碎花,但我看着黑乎乎的。"

另一个学生说:"我刚才也和他一起在这儿看书,而且同样听到了声音,看到格子窗被关上。但是,那个男人穿的肯定是白衣服,是没有条纹或图案的白衣服。"

"这就怪了,你们必定有一个人看错了。"

"我绝对没有看错。"

"我也从来不说谎。"

两个学生相反的证词说明了什么呢?敏感的读者或许意识到什么了,实际上我也注意到了这个问题。但是,检察官和警察对这一点似乎没有多加考虑。

不久,死者的丈夫,也就是旧书店老板得到通知后回到家中。他是个瘦弱的年轻男子,看着不像个开旧书店的。他一看到妻子的尸首,虽没有哭出声,眼泪却早已扑簌簌地落下来,看来是个懦弱的人。小林刑警等他平静一些后,开始了提问,检察官有时也从旁插话。可令他们失望的是,他表示,根本想不出谁有可能是凶手。"我们可从来不跟人结怨啊!"说完,他又流泪不止。他一一查看了家里的东西后,确认不是盗贼所为。然后小林刑警又对店主的经历、店主妻子的情况进行了各种询问,也没有发现值得怀疑的地方,且与此故事关系不大,故略去不提。

最后,小林刑警对死者身上的多处新伤提出了质疑,店主踌躇良久，终于回答是他所为。然而，问他为什么这么做，却一直含糊其词，怎么也问不明白。但是，当天夜里，他一直在外面摆夜摊是无可置疑的，即使是他的虐待造成了伤痕，也无法怀疑他是凶手。小林刑警或许也是这样考虑的，对他未予深究。

如上所述，当晚的调查告一段落。警方记下了我和小五郎的住址、姓名等，还提取了小五郎的指纹。我们回家时，已是深夜一点多了。

如果警方的侦查没有遗漏，证人也都没有说谎，这的确是起莫名其妙的案子。而且据我事后所知，第二天小林刑警进行的所有调查也是一无所获，还是案发当晚那些线索，没有丝毫进展。证人都是可以信赖的人，十一栋房子里的住家也没有可疑之处。对被害者的家乡也进行了调查，没有发现任何疑点。至少小林刑警——如前面交代过的，是一位被人们誉为名侦探的人——全力对这起案子进行了调查，只得出了根本无法解释的结论。这也是我事后听说的，电灯开关，那件小林刑警让人带走的唯一物证上，除了小五郎的指纹，找不出其他人的指纹。也许小五郎当时太慌乱了，开关上留下了许多指纹，但都是小五郎一个人的。小林刑警判断，很可能是小五郎的指纹把凶手的指纹覆盖了。

各位读者，看到这里，你会不会联想到爱伦·坡的《莫格街谋杀案》或柯南·道尔的《斑点带子》呢？也就是说，会猜测本案的杀人犯不是人类，而是猩猩或印度毒蛇之类的动物吧？其实我就这样想过。然而，东京D坂一带不可能有此类动物，再说，有证人从拉门缝隙看到了男人的身影。退一步说，即使是猿类也不可能既不留下足迹，又不被人看到。还有，死者脖子上的指痕也无疑是人留下的，被毒蛇缠死，不会留下那样的痕迹。

且说那天夜里，我和小五郎在回家的路上，非常兴奋地聊了很多，举个例子。

"你大概也知道爱伦·坡的《莫格街谋杀案》或加斯通·勒鲁的《黄色房间的秘密》等小说中描写的发生在法国巴黎的罗丝·德拉古谋杀案[①]吧？即使百年之后的今天，那件杀人案仍然是一个不解之谜。我联想到了那起案件。今晚的案子，凶手也没有留下逃走的足迹，这一点与那个案子不是很相似吗？"小五郎说。

"说得是啊，真是不可思议！经常听人说，在日式房子里，不可能发生外国侦探小说里描写的那样离奇的案件，我认为并非如此，眼下不就发生了这样的奇案吗？我倒是有兴趣挑战一下这起案子，尽管没有什么把握破案。"我说。

我们在一条小路上分了手。我看着小五郎晃悠着肩膀，拐过小巷，快步走远的背影，不知为什么，觉得他那华美的粗条纹单和服，在黑暗中显得更加鲜明。

---

[①] 罗丝·德拉古谋杀案：十九世纪发生在法国巴黎的谋杀案。一位名为罗丝·德拉古的年轻女性被人杀死在自家床上。她的房子位于公寓顶层，凶杀现场的门由内部上锁，并系了锁链；房间只有一扇窗户，自内部上锁；有烟囱，但非常狭窄，不管多么瘦小的人都无法通过。该谋杀案一直是桩谜案。——编者注

## （下）推理

且说杀人案发生十天之后，我去拜访了小五郎。在这十天间，小五郎和我对于这起案子是怎样构想的，怎样推理的，以及得出了什么结论，读者可以通过今天我和他的对话充分了解到。

此前，我和小五郎一向在咖啡馆见面。去他的住处，这还是第一次。好在曾听他说过住在哪里，所以没费什么工夫就找到了。我走进一家香烟铺子，问老板娘小五郎在不在家。

"啊，他在。请稍等，我这就去叫他。"

她这么说着，走到里面的楼梯口，高声叫喊小五郎。小五郎就借住在她家的二楼上，只听他"噢——"了一声，便踩着吱呀吱呀响的楼梯走下来，一看是我，吃了一惊，说道："哎呀，快请上楼！"

我跟着他走上二楼。可是，当我漫不经心地踏进他的房间时，差点儿没吓掉魂，因为房间里的景象太不寻常了。我不是不知道小五郎是个古怪的人，却没想到会古怪到如此程度。

一言以蔽之，四叠半的房间里堆满了书籍，只有中央可看到一小块榻榻米，四周都环绕着书山。沿着房间的墙壁和隔扇摆了一圈的书，一摞摞书籍犹如一座座堤坝，从房间四面，由宽到窄一直堆到天花板。除了书，没有任何生活用具，以至让人怀疑，他在这个房间里究竟是怎么睡觉的。主客二人甚至无处落座，一不小心，说不定就会把这书堤碰塌，被埋在里面。

"不好意思，屋子太小了。也没有坐垫，真是抱歉，请找本软点儿的书凑合坐吧！"

我穿过书山，好不容易找到一个可以坐下的地方，由于太过惊讶，坐下之后，我仍旧吃惊地打量着四周的书。

在此，我有必要向诸位介绍一下这个奇特房间的主人明智小五郎。我与他才认识没几天，所以，关于他有过什么经历、以什么为生、人生目标是什么等问题，我一概不知，但有一点可以肯定，他是一个没有稳定职业的游民，勉强可以说是个学者吧。就算是个学者，他也属于特立独行的那一类。他曾经说"我在研究人呢"，当时我还不明白他这话意味着什么，我只知道，他对犯罪案件和侦探有着极其浓厚的兴趣和令人瞠目的丰富知识。

他年龄和我差不多，不到二十五岁，是个比较瘦削的人。前面说过，他走路时爱晃悠肩膀，不过，跟英雄豪杰走路甩膀子不一样，我这样比喻可能有点不合适，反正看他走路的姿势，我总想起那位一只手残疾的评弹师神田伯龙。说到伯龙，小五郎从脸型到声音，都与他一模一样——没见过伯龙的读者，也可以想象自己认识的那种虽不是美男子，却独具魅力且聪明绝顶的男人——只不过，小五郎的头发更长，更蓬乱。他还有个毛病，就是和人说话时，喜欢不停地挠头发，好像要把头发弄得更乱更糟似的。他一向不讲究衣着，老是穿着棉布和服，扎一条皱巴巴的布腰带。

"哎呀，没想到你能来，欢迎啊！从那以后，咱们有日子没见了，D坂那起案子怎么样了？警方好像还没有找到凶手的线索吧？"

小五郎像往常一样揉搓着头发，目不转睛地看着我。

"其实，我今天来找你，就是想跟你说说这件事。"我一边犹豫着从哪里说起，一边开了口。

"后来，我对此案做了很多猜想，不仅是猜想，还像侦探那样进行了现场勘查，并得出了初步的结论。我今天来是打算向你汇报一下……"

"哦？真不简单啊！我可要洗耳恭听了。"

我从他眼神里捕捉到了一闪而过的轻蔑与放松之色，仿佛在说"你知道什么"。这神色打消了我的犹豫，我自信心十足地讲了起来：

"我的朋友中有一位报社记者，他与负责本案的小林刑警是哥们儿。因此，我通过那位记者了解到许多警方侦查的详情。好像他们一直找不到侦查的方向，虽然进行了多种努力，却没有获得有价值的线索。你还记得那个电灯开关吧？那东西没有丝毫用处，因为他们发现那上面只有你的指纹。警方认为，多半是你的指纹把凶手的指纹覆盖了。我了解到警方现在一筹莫展后，便更加跃跃欲试，要探索一番了。结果你猜猜看，我最后得出了什么结论？还有，去报告警察之前，我先来告诉你，又是为什么呢？

"这个先放一边，其实在案发当天，我就注意到了一个问题。你还记得吧？那两个学生对嫌疑人衣服颜色的描述是完全相反的。一个人说是黑色的，另一个说是白色的。即便人的眼睛所见有偏差，但把相反的黑白两色搞错，不是很奇怪吗？不知道警方对此是怎么判断的，但我认为这两人的陈述都没错。你知道为什么吗？那是因为，凶手穿的是黑白色相间的衣服啊……就是那种黑色粗条纹单和服，就像寄宿屋常出租的那种单和服……那么，为什么一个人看成黑色，一个人看成白色呢？因为他们是透过拉门的格子窗看到的，所以在那一瞬间，一个人的眼睛恰好处于格子的缝隙与衣服白色条纹相重叠的位置，而另一个人的眼睛则恰好处于格子的缝隙与衣服黑色条纹相重叠的位置。这也许是罕见的巧合，但绝非不可能，而且在本案中，除此之外没有其他的解释。

"不过，知道凶手的衣服有条纹，仅仅能够缩小侦查的范围，还不算确凿的证据。第二个证据就是那个电灯开关上的指纹。我通过刚才说的记者朋友请求小林刑警对指纹——就是你的指纹——进行了仔细检查，其结果更加证实了我的猜想是正确的。对了，你有砚台的话，借我用一下。"

然后，我做了一个实验给小五郎看。我先用右手拇指从砚台里蘸了一点儿墨汁，从怀中取出一张纸，在纸上按了个指印。等指纹晾干后，再次用同一根拇指蘸上墨汁，在原来的指纹上，将拇指换个方向，仔细按在上面。于是，纸上清晰地出现了相互交叠的双重指纹。

"虽然警方认为你的指纹重叠在凶手的指纹上，覆盖了凶手的指纹，可是从刚才这个实验得知，这是不可能的。无论多么用力摁开关，既然指纹是由线条构成的，线与线之间必然会遗留之前指纹的痕迹。如果前后两个指纹完全相同，就连按的角度也分毫不差的话，由于指纹的每条线都完全吻合，那么后按的指纹或许可以掩盖之前的指纹，但这一般是不可能的。即使有可能，此案的结论也不会改变。

"如果关掉电灯的是凶手，那么，开关上必然会留下他的指纹。我推测警察可能忽略了在你的指纹的线与线之间残留的凶手的指纹，便自己进行了勘查，可是上面完全没有其他痕迹。也就是说，在那个开关上，前前后后只留下了你一个人的指纹。为什么没有留下旧书店夫妻的指纹呢？这一点我不清楚，也可能那个房间的电灯是一直开着的[①]吧。

"你想想看，上面的情况说明了什么呢？我是这样推测的：一个身穿黑粗条纹衣服的男人——这男人大概与死者两小无猜，他有可能因失恋而杀人——他知道旧书店老板每夜出摊，于是，趁他不在家时，杀死了那个女人。女人没有喊叫，也没有抵抗的痕迹，说明她很熟悉那个男人。男人顺利实施犯罪后，为了延后人们发现尸体的

---

[①] 在本书写作的大正年间，一般家庭不安装电表，白天由电灯公司下属的变电所统一拉闸断电。——原文注

EX-LIBRIS　　　　EX-LIBRIS

　　　藏书　　　　　　　藏书

# 屋根裏の散歩者

屋根裏の散歩者

我认为最好的侦探方法，
是从心理角度看透人的内心。
——明智小五郎

心理防线再硬的凶手，
也会被下意识反应出卖！

时间，他关灯之后逃离了现场。但是，他犯了一个重大的错误，就是他之前没发现那道拉门的格子窗是开着的。他惊慌地关闭格子窗时，被偶然在店内的两个学生看到了。他逃出去后，才猛然想起关灯时会在开关上留下指纹。他无论如何也要消除那指纹，但是用同样的方法再次进入房间太危险，于是他想到了一个妙计，就是自己化作杀人事件的发现人。这样一来，不仅可以很自然地用自己的手开灯，消除之前留下的指纹，避免引起警方的怀疑，而且谁也不会怀疑发现者就是凶手，可谓一举两得。就这样，他若无其事地旁观警察进行现场勘查，还大胆地提供了证词，而结果也如他所料，因为过了五天、十天，依然没有人来逮捕他。"

各位以为明智小五郎是以怎样的表情听我说完这番话的呢？我本以为他听到一半的时候，会脸色大变或是打断我的话。可令人吃惊的是，他脸上没有露出任何表情。虽然平日里他就喜怒不形于色，但此时他也太平静了。他的手一直揉搓着头发，默默地听着。我心想这家伙真是厚颜无耻啊，但还是坚持把我的推测说完。

"我想你一定会反问，凶手是从什么地方进入，又是从什么地方逃走的呢？不错，这个问题不搞清楚的话，即便搞清楚了其他所有问题，也没有意义。遗憾的是，这个难题也被我侦查出来了。根据警方当晚的侦查，没有发现凶手逃走的痕迹。但是，既然杀了人，凶手就不可能不出入，所以，只能说明刑警的搜查是有漏洞的。虽说警察也在尽心竭力地查找，可不幸的是，他们的办案能力还不及我这个书生。

"其实,要说这事也很简单。我是这样推理的。由于警察已进行了周密的调查,至少不必去怀疑街坊四邻了。这样的话,凶手一定是使用了被人看到也不会认为他是凶手的方法逃走的。就是说,即便有人目击到他,也丝毫不会留意。换言之,他利用了人们注意力的盲点把自己隐藏起来了。正如我们的眼睛有盲点一样,注意力也有盲点,就像魔术师当着观众的面,很轻易地把一大件物品藏起来那样。因此,我注意的是与旧书店相隔一店的旭屋炒面馆。"

旧书店的右边是钟表店、点心铺,左边是袜子铺、炒面馆。

"我去炒面馆打听,案发当晚八点左右,有没有男人用过他家的厕所就走了。那家旭屋炒面馆,你也知道,从店堂穿过去,可以一直通到后门,紧挨着后门有个厕所,凶手假装去上厕所,然后从后门出去,再从后门返回,是轻而易举的事——冰激凌店开在胡同入口的拐角处,当然看不到凶手出入后门——还有,店家是炒面馆,凶手借用厕所再自然不过了。我打听过,那天晚上,炒面馆老板娘不在,只有老板一人在店里,是个作案的好时机。你说,这算盘打得多妙啊?

"经过我的调查,果不其然,就在那个时段,有一位顾客借用了厕所。遗憾的是,旭屋店老板一点儿也记不起那个顾客的相貌或衣服图案了。我立即通过我那位朋友将这个发现告知了小林刑警。小林刑警也亲自到炒面馆去调查过,但没有什么发现……"

我停顿了一下,给小五郎一个说话的空当。以他的立场,这种时候不可能没有什么想说的。然而,他还是搓着头发,一副若无其事的样子。于是,我不得不改变出于尊敬而采用的间接表达方式,单刀直入了。

"我说,明智先生,你明白我的意思了吧?这些确凿的证据可是指向你的呀。坦白地说,我从心里不愿意怀疑你,可是,面对这些证据,我不能不这样想……我曾劳心费力地在街坊四邻中寻找有黑粗条单和服的人,却一个人也没找到。这是理所当然的。因为即使是同样的条纹单和服,穿那种与格子缝隙完全重叠的漂亮单和服的人也屈指可数啊!而且,无论是消除指纹还是借用厕所的伎俩,都极为巧妙,除了你这样的探案学者,一般人真没有这本事。最让人不解的是,你口口声声说自己和死者是发小,可是当晚调查那老板娘的身份时,你就在旁边听着,怎么一句话也没有说呢?

"如此一来,你唯一的指望就是不在场证明了。这也是不可能的。你还记得吗?那天晚上回家的路上,我曾问过,你来白梅轩之前在什么地方,你告诉我在附近散步了大约一个小时。即使有人见到你散步,你也很可能在散步途中借用炒面馆的厕所。明智先生,我说的有没有错?怎么样,可能的话,我想听听你的辩解。"

各位读者猜猜看,在我这样追问时,怪人明智小五郎是什么表情呢?他会惭愧地低下头吗?万万想不到,他竟然哈哈大笑起来。他这出人意料的表现,令我胆战心惊。

"哎呀,失敬!失敬!我绝对没有笑话你的意思,可是,你也太一本正经了。"小五郎辩解似的说道,"你的想法真是有趣啊!交了你这么个朋友，我真的很高兴。只可惜，你的推理过于注重表面，而且过于注重物理层面了。譬如说，对于我和那个女人的关系，究竟我们是怎样的发小，你有没有从心理角度了解过呢？以前我和她是否谈过恋爱，我现在是否恨她，这些你有推测过吗？那天晚上，我为什么没有说与她相识，理由非常简单，因为我不知道任何具有参考价值的情况……还没上小学时，我和她就分开了，直到最近才偶然遇到她，只聊过两三次而已。"

"那么，指纹的事该怎么解释呢？"

"你以为我后来什么都没做吗？其实，我也做了不少调查呢！我每天都在D坂转来转去，特别是旧书店，去得更勤了。我对店老板进行了种种试探。我把认识他妻子的事坦白地告诉了他，这反而有利于向他深入了解情况——就像你通过报社记者了解到警方办案的细节一样，我是从旧书店老板那儿了解情况的。刚才提到的指纹也很快弄明白了。因为我也觉得蹊跷，就进行了调查，哈哈哈……实际情况很好笑，原来并没有人关过灯，是灯泡里的钨丝断开了。你们以为是我扭动开关灯才亮的，其实不是这么回事。当时，我慌乱之中碰到了灯泡，使一度断了的钨丝连接上了①。因此，开关上只留下我的指纹是必然的。你说那晚你从拉门缝隙中看到电灯是亮着的，倘若如此，钨丝断了就是那之后的事。灯泡太旧了，动不动就会断开。还有

---

① 当时的灯丝是撑开的网状，有时候断了之后，会偶然自动接上。——原文注

凶手衣服的颜色,这个与其由我说,不如……"

他说着,在身边的书堆里四处翻找了一会儿,找出一本破旧的西洋书来。

"这本书,你读过吗?这是闵斯特伯格的《心理学与犯罪》,请你看一下《错觉》这章开头的十行吧。"

听他自信满满地讲述时,我渐渐意识到了自己的失败,便顺从地接过书读起来,书里写道:

> 曾经发生过一起汽车犯罪案,在法庭上,证人宣誓陈述的均是事实后,一个证人说案发时路面非常干燥,尘土飞扬;另一名证人则坚称案发时刚下过雨,道路是泥泞不堪的。一个人说涉案的汽车开得很慢,另一个人说从未见过开得那样快的车。还有,前者说那条路上只有两三个行人;后者宣称行人很多,男女老少都有。这两位证人都是受人尊敬的绅士,作伪证对他们毫无益处。

等我看完这段后,小五郎一边翻书页一边说:

"这是真实发生过的事情。另外,你再看看《证人的记忆》这章,从中间部分开始,写了一个人为设计的实验案例,恰好谈及了服装颜色的问题,所以,麻烦你把这部分读一下。"

这部分记载的是下面这样的内容:

（前略）举一个例子，前年（此书出版于1911年）在哥廷根召开了由法学家、心理学家以及物理学家参加的学术讨论会。就是说，与会者皆是习惯于缜密观察的人士。此时，该城市里适逢狂欢节，热闹非常。学者们正开会时，突然大门打开了，一个穿着奇形怪状服装的小丑像个疯子似的狂奔进来，再一看，后面有个黑人拿着手枪在追赶他。在大厅中央，两人轮番用恶言恶语对骂。不一会儿，那个小丑突然倒在地上，黑人跳到他身上，然后砰地打了一枪。转眼间二人都离开了大厅，仿佛遁形一般。整个过程只有不到二十秒钟。不用说，众人无不大惊失色。除了大会主席，没有一个人意识到这些话语、表演都是事先排练好的，而且该场景还被拍了照片。大会主席说，由于法庭上常常会见到此类事件，所以请各位会员写出自己的准确记忆。主席这么做也是理所当然的。（中略）在这段时间里，他们的记录怎样充满了错误，用百分比可以清楚地显示。例如，黑人头上什么东西也没有戴，但四十人中只有四人写对了，其他的人有写圆顶礼帽的，有写缎面礼帽的。关于服装，有的说是红色的，有的说是茶色的，有的说是条纹的，有的说是咖啡色的，以及其他五花八门的色彩搭配。可实际上，黑人只是白裤子搭配黑上衣，系了一条宽大的红领带。（后略）

"正如智慧的冈斯特伯格在该书里一语道破的那样,"小五郎开始说明,"人的观察和记忆实际上是不可靠的。就像这个例子,连学者们都说不清衣服的颜色。那么,我认为那天晚上的两个学生看错了服装的颜色,也不是没有道理。也许他们的确看到了什么人,但是那个人根本没穿什么黑粗条纹单和服,所以凶手当然不是我。你从格子的缝隙联想到黑条纹单和服,你的着眼点的确非常有意思,不过,未免太牵强了。至少说明你宁愿相信那种偶然的巧合,也不相信我的清白,对吧?说到最后一点,就是关于借用炒面馆的厕所的男人这一点,我与你的看法相同。我认为,除了旭屋,凶手的确没有别的出去的路。因此,我便去那家店进行了实地调查,结果很遗憾,得出了与你完全相反的结论。其实,根本不存在借用厕所的男人。"

读者恐怕已经注意到了,明智小五郎就这样既否定了证人的证词,又否定了凶手的指纹,甚至否定了凶手的逃跑途径,试图以此证明自己无罪。可是,这不就等于否定了犯罪这一事实本身吗?我完全不明白他是怎么想的。

"那么,你找到凶手的线索了吗?"

"找到了。"他搓着头发说,"我的方法和你有所不同。由于物理层面的证据,会因解释的方法不同,得出多种结论。我认为最好的侦探方法,是从心理角度看透人的内心。不过,这就有赖于侦探自身的能力了。总之一句话,这次我是尝试着着重进行心理层面的侦查的。

"起初引起我注意的是旧书店老板娘身上的那些新伤痕。其后不久,我又听说炒面馆老板娘身上也有同样的新伤,这个情况你也知道。可是她们二人的丈夫都不是粗野之人。因为无论是旧书店还是炒面馆老板,看上去都是老实本分的好男人。所以我不由得开始怀疑这里面一定有什么隐情。于是,我先找到旧书店老板,想从他口中探听这个秘密。由于我与他死去的妻子是旧相识,他也多少敞开了心扉,所以进展得比较顺利。我从他嘴里打听到了一些奇怪的情况。接下来我打算探访炒面馆老板,可是别看他老实巴交的,却是个很有主意的人,对他的调查颇费了些功夫。不过,我采取了一种方法,终于大功告成。

"你也知道心理学上的联想诊断法目前已经开始用于犯罪侦查了吧?联想诊断法就是对嫌疑人说出许多简单易懂的刺激性词语,来测试嫌疑人对该词语概念联想的速度。但是,正如心理学家所说,这个方法并不局限于'狗''房子''河流'之类简单的刺激语,也没有必要经常借助于计时器。对于掌握了联想诊断要点的人来说,那些形式并不怎么重要。过去被称为名判官或名侦探的人就是明证。那时候心理学并不像今天这样发达,他们不就是凭借其天赋才能,在不知不觉中实践了这种心理学的方法吗?大冈越前守[1]就是这样一个人。

"拿小说来说,在爱伦·坡的《莫格街谋杀案》的开头部分,就

---

[1] 大冈越前守:即大冈忠相(1677—1752),江户时代中期的幕臣、大名,曾任职越前守。他是江户时期的名判官,类似于中国的包拯这样的人物。

描写了杜宾通过朋友无意识的动作，准确说出他内心想法的情节。柯南·道尔也模仿爱伦·坡，在短篇小说《住院的病人》中，让福尔摩斯进行过相同的推理，这些推理在某种意义上都是联想诊断法，对吧？说穿了，心理学家使用的种种仪器测试方法，只是为缺乏这种天赋洞察力的凡夫准备的。闲话不提，还是回到这个案子上来吧，我就是依据这个方法，对炒面馆老板进行了一种联想诊断。我跟他聊了很多，通过这些有一搭无一搭的聊天来探究他的心理反应。不过这是个非常微妙的心理问题，而且相当复杂，所以，细节方面以后有时间再慢慢跟你说明，总之，最后我得出了肯定的结论。就是说，我找到了凶手。

"实际上我手里并没有一件物证，因此还不能报告警察。即使报告了警察，他们也不会理睬的。而且我明明知道凶手是谁，仍袖手旁观，其实另有原因，就是这次犯罪是完全没有恶意的。我这么说很让人费解，但这次杀人事件，确实是在杀人者与受害者彼此自愿的状态下发生的，甚至可以说，是出自受害者的希望而实施的。"

我开动脑筋设想了多种可能，还是不能理解他这番话。我完全忘记了为自己的失败而羞愧，全神贯注地倾听他这套神奇的推理。

"直说吧，我的结论是，杀人者就是旭屋的老板！他为了掩盖犯罪痕迹，谎称有个男人借用了厕所。其实这根本不是他想出来的，而是我们造成的。因为你和我都曾去问过他，是否有人用过厕所，这就等于启发了他。而且他还误以为咱们是刑警。那么，他为什么杀人呢？我通过这个案子，真切地目睹了在表面极其平静的人生暗处，隐藏着多么意想不到的凄惨的秘密。那是只有在噩梦的世界里才会看到的景象！

"那位旭屋老板，其实是一个传承了萨德侯爵①之流的极端的性虐待狂。这真是命运弄人啊，他居然发现相隔一店的旧书店老板娘是个性受虐狂，而且是个不亚于他的性受虐狂。于是，他们以变态者特有的隐秘方式通奸，而不会被任何人发现……我刚才说的你情我愿地杀人是什么意思，你现在明白了吧……他们俩直到最近，都是强迫各自的伴侣勉强满足其病态欲望的。旧书店和旭屋老板娘身上都有同样的新伤就是证据。但是，他们肯定不满足于这样的夫妻生活。因此，当他们发现彼此寻求的人近在眼前时，便极其迅速地达成了默契，这一点并不难想象。然而，最终被命运捉弄过了头，他们因被动和主动的合力，导致性欲疯狂增长，结果在那天夜里，发生了他们绝对不愿意看到的事件……"

听着明智这令人瞠目结舌的推论，我不觉一阵战栗，心想怎么会有这般骇人听闻的案件啊！

这时，楼下的烟铺老板娘送来晚报。明智接过报纸，翻到社会版看起来，只听他轻轻地叹了口气，说道：

---

① 萨德侯爵（1740—1814）：备受争议的色情文学作家。由于作品中有大量性虐待情节，他被认为是变态文学的创始者。后来学者把主动的虐待症命名为萨德现象，即施虐症。

"唉,看来他终于忍受不了,去自首了。真是巧了,恰好在咱们谈论这个案子时,看到了这个报道。"

我顺着他的手指看去,标题字号很小,内容约十行字,报道了炒面馆老板自首的消息。

# 心理测试

江户川乱步名侦探篇

# 一

蓣屋清一郎为什么会起意干出下面将叙述的这件可怕的恶事，没人清楚其具体动机。即使了解他的动机，也与这个故事关系不大。从他半工半读去大学读书这一点看，他也许是为学费所迫。他是个罕见的英才，且学习非常刻苦，为了挣学费，他的时间被无聊的打工占去了许多。因此，他没有充分的时间去读书和思考，这让他感到苦恼也是事实。但是，就凭这点理由，人就可以犯下那样十恶不赦的罪行吗？或许他先天就是个恶人。而且除了学费，他或许还有其他很多无法遏制的欲望。总而言之，他产生这个念头已有半年了。在这期间，他一再犹豫，左思右想，最终决定动手。

一个偶然的机会，他与同班同学斋藤勇成了朋友，这成了这个故事的开端。起初他并非有什么目的，但在交往中，他开始怀着某种模糊的目的接近斋藤勇了。而且，随着这种关系的发展，那个模糊的目的渐渐清晰起来。

大约一年前，斋藤开始租住在山手的一个偏僻的住宅区里。那家主人是一位官吏的遗孀，她虽然已是年近六旬的老妪，但靠着亡夫留下的几间出租房的租金，也可以生活得舒舒服服。而且她没儿没女，金钱成了她唯一的依靠。她向熟人发放小额贷款，收取利息，把一点点地攒钱当成了她生活中最大的乐趣。她把房子租给斋藤勇也是如此，一方面因为家里都是女人，住个男人会比较安全；另一方面还可以收取房租，使每月的存款有所增加。可见古今中外，守财奴的心理都是一样的。人们传言，除了在银行的存款，她还有大量的现金藏在自家宅子的某个秘密的地方。

就是说，蓊屋对这笔钱产生了兴趣。他想：那笔巨款对那老太婆而言没有任何价值，用它作为学费资助我这样有远大前程的青年，不是最合理的吗？总而言之，这就是他的逻辑。因此，蓊屋试图通过斋藤尽可能详细地了解老妇人的情况，探寻那笔巨款的隐藏地点。不过，蓊屋并没有什么明确的想法，直到他得知斋藤偶然发现了那笔钱的隐藏点。

"你知道吗，那个老婆子真不得了，一般人都把钱藏在地板下或是天花板里，可是她藏钱的地方你绝对想不到。在内室的壁龛里不是放着一个很大的松树盆栽吗？钱就藏在那个盆栽底下。再狡猾的小偷也想不到盆栽底下会藏着钱，这老婆子可以算是个天才守财奴啦！"

斋藤说着，呵呵地笑了。

从那以后，蓊屋的计划就逐渐清晰起来。对于如何把老妇人的钱转换成自己的学费，他设想了各种可能的途径，想从中选择最万无一失的方法。没想到，这件事的难度超出他的想象。与之相比，任何复杂的数学难题都不在话下了。前面也提到过，他为了想出好法子花费了半年的时间。

毫无疑问，其难点在于如何避免刑罚。伦理上的障碍，即良心上的苛责，对他来说已不是什么问题。他不认为拿破仑大规模地杀人是罪恶，相反，他觉得应该加以赞美；同样地，为了将有才能的青年培育成才，牺牲掉一只脚已踏进棺材的老太婆也是理所当然的。

老妇人极少外出，终日默默地坐在里间的榻榻米上。即便她偶尔外出，也有个乡下的女佣奉她之命，在屋里严加看守。虽然蕗屋费尽心机，但老妇人的防范仍不留一丝纰漏。蕗屋最初打算瞅准老妇人和斋藤不在的时候，骗女佣出去买东西，然后趁机盗出花盆底下的钱，但这太不周全了。即使只有很短的时间，但只要知道这个房间里有一个人，他就无法摆脱嫌疑。这类愚蠢的方案，蕗屋想起一个打消一个，再想起一个再打消一个，足足浪费了一个月。比如，可以制造被斋藤或女佣或小偷偷盗的假象；或是在女佣一个人时，蹑手蹑脚地溜进房中，神不知鬼不觉地盗出金钱；也可以半夜趁老妇人睡着时采取行动。他设想了类似的各种方法，但无论哪种方法，都有可能被发现。

最后，他得出了一个恐怖的结论——除了干掉老妇人，没有更好的办法。他不清楚老妇人到底藏有多少钱，但从各种因素分析，他不觉得老妇人的钱多到可以让人甘冒杀人的风险。为了这不多的金钱去杀一个无辜的人，未免太残酷。但这笔对一般人来说不是太大的金额，却能够充分满足贫穷的蕗屋的需要。不仅如此，按照他的想法，问题不在于钱的多少，而是要保证不被人发现。为了达到这个目的，无论付出多大的牺牲都没有关系。

杀人看起来比单纯的偷盗要危险好几倍，其实这不过是一种错觉。当然，如果预料到会被人发现还去做的话，杀人在所有犯罪中无疑是最危险的。但是若不从犯罪的轻重角度，而是从被发现的难易程度的角度考虑的话，有时候（譬如蕗屋的情形）偷盗反而是件危险的事。相反，杀死现场目击者的方法虽然残忍，却免除了后患。过去的大恶人都是目无王法地杀人越货，他们之所以很难被抓获，不就是得益于这种杀人的胆量吗？

那么，干掉老妇人，真的就没有危险吗？这么一想，蕗屋又思考了几个月。在这么长的时间里，他是怎样形成该计划的呢？随着故事的发展，读者自然会明白，所以暂且放下不提。总之，经过普通人根本想不到的精细的分析和整合后，他最终想到了一个绝对安全的方法。

现在只需要等待时机了，没想到，时机很快就来了。一天，斋藤因有事去了学校，女佣出去买东西，二人都要到傍晚才能回来。那天正是蕗屋做完最后的准备工作的第二天。所谓最后的准备工作（这一点有必要事先加以说明），就是现在距离斋藤告诉他隐藏地点已经过了半年，因此需要再次确认一下钱是否还藏在原处。那天（即杀死老妇人的前两日），他去看望斋藤，借机第一次进入老妇人的内室。他与老妇人东拉西扯地聊天，逐渐将话题引向一个方向。话语间他不时地提到老妇人的财产，以及她把那笔财产藏在某个地方的传言。每次说到"藏"这个字时，他都暗中留意老妇人的眼睛。如他所料，她的眼光每次都悄悄地看向壁龛里的花盆。反复多次后，蓹屋确定了钱仍然藏在那里。

## 二

话说转眼间到了案发当天。蓣屋身着大学校服，头戴校帽，外披学生斗篷，手戴普通手套，前往老妇人的住宅。他经过反复思考才决定不改变装束的。如果换装的话，要购买衣服等，换衣服的地点以及其他各个方面都会给侦查留下线索。这样做只能使事情复杂化，毫无益处。在不会被发现的范围内，应该尽量简单、直接地采取行动，这是他的一种犯罪哲学。简而言之，只要没有人看见他进入该房中就万事大吉了。即使有人在老太婆家附近看到他也丝毫不用担心，因为他经常在那一带散步，只要说那天也在散步就可以蒙混过去。而从另一个角度看，假如在去的路上遇上熟人（这一点不得不考虑），是换装还是穿日常的制服更安全，不用想也明白。至于作案时间，他尽管明知夜晚更方便，斋藤和女佣都不在的夜晚是可以等到的，但偏要选择危险的白天，这与着装的问题是相同的，为的是除去作案所不必要的隐秘性。

但是，一旦站在老妇人家外面，他还是不禁提心吊胆地四处张望,就像普通的盗贼一样,甚至比普通的盗贼还要紧张。老妇人家独门独院,与左右邻居以篱笆相隔。房子对面是一家富豪的宅邸,高高的水泥围墙足有百米长。由于这一带是清静的住宅区,白天也很少见到行人。蒜屋走到那里时,街上连条狗都没有见到。平时打开时会发出咯吱咯吱声响的拉门,由于蒜屋今天动作很轻地打开然后关上,没有发出一点儿声响。然后,蒜屋在玄关用很低的声音打招呼(这是为了防备邻居),老妇人出来后,他又借口想单独谈谈斋藤的事,跟她进入了里间。

两人坐定后不久,老妇人起身说道:"女佣恰好不在家,我去给你沏茶。"蒜屋等的就是这个机会。当老妇人弯腰去拉隔扇时,蒜屋从背后猛地抱住了老妇人,然后两手死死地勒住(他虽然戴着手套,但还是尽量避免留下指纹)老妇人的脖子。老妇人喉咙发出"咕"的一声,没怎么费力挣扎就断了气。她在痛苦挣扎时,抓向空中的手指戳到了立在旁边的屏风,并在上面留下了划痕。这是一面折叠的有些年代的金色屏风,上面绘有色彩艳丽的六歌仙,被戳破留下的划痕恰好在六歌仙之一的小野小町的脸上。

确定老妇人已经断气后,蒜屋放下了她,有点担心地看着屏风的破口。仔细考虑之后,他又觉得完全没有担心的必要,因为这面屏风根本成不了任何证据。于是,他走到壁龛前,抓住松树的根部,把它从花盆中连根拔了出来。如他所料,盆底有个油纸包。他沉着地打开那个纸包,从自己的右口袋中掏出一个新的大钱包,将纸币的一半

（足有五千日元）放入其中，然后将钱包放回自己的口袋，剩余的纸币仍然包在油纸里，原样藏在花盆底下。当然，此举是为了消除偷钱的痕迹。因为老妇人的存钱数额只有老妇人自己知道，即便只剩下一半，也没人会怀疑钱已被盗。

然后，他拿起棉坐垫团成团儿，放在老妇人的胸前（为了遮挡飞溅的血），从上衣右边口袋里掏出一把大折刀，打开刀刃，对准老妇人的心脏刺去，转动一下后拔出刀，在棉坐垫上擦净刀上的血迹，然后将刀收进口袋里。他担心只是勒死的话，说不定还会醒过来，他要确保给她致命一击。那么，为什么不一开始就用刀呢？因为他怕搞不好会在自己的衣服上留下血迹。

在此必须介绍一下他装钱的钱包和那把大折刀，这两样东西是他为这次行动专门在某个庙会的露天摊上买的。他选择庙会最热闹的时段，挑选顾客最多的小摊，按标价把零头一起扔给摊主，然后拿了东西扭头就走，转眼就消失了。摊主自不必说，就连其他顾客也来不及记住他的面孔。而且，这两件东西都是非常常见的、没什么特殊标记的物品。

蔀屋仔细地确认过没有留下任何线索后，关上隔扇，慢慢走向玄关。他在门口蹲下身子，边系鞋带，边查看足迹。不过这一点更无须担心了，玄关的地面是硬灰泥地，外边的街道也因连日晴天而十分干燥，现在只要打开拉门走出去就结束了。但是，如果在此时大意的话，一切谋划都将化为泡影。他屏息凝神，耐心地倾听街道上有没有脚步声……一片寂静，听不到一点儿动静，只听到附近人家传出的若隐若现的琴声。他下了决心，轻轻地打开大门，若无其事地像刚刚告辞出来的客人一般走了出去。外面果然一个人影也没有。

那一带住宅区的每条路上都很安静。离老妇人家四五百米处，一座神社的古老的石头围墙沿着大路一直延伸着。蓣屋确认附近没有人后，把凶器大折刀和带血的手套扔进了石墙缝中，然后溜达着向附近一个小公园走去，他平常散步时常常经过那里。蓣屋在公园长椅上坐下来，以极其平静的表情望着孩子们荡秋千，在这里逗留了很长时间。

回家时，他顺路去了警察署，对警察说：

"刚才，我捡到这个钱包，里面好像有很多一百日元的纸币，麻烦你们处理。"

说着，他拿出那个钱包，并依照警察的提问，说明了捡到钱包的地点和时间（当然是精心捏造的）和自己的住址姓名（这是真实的）。之后，他领到一张记有他的姓名和金额的收条。没错，他这个方法非常迂回，但从安全角度来看是最保险的。老妇人的钱（谁也不知道只剩下一半）还在老地方，这个钱包的失主也永远不会出现。一年之后，这笔钱必然会回到他的手中，到时候，他就可以毫无顾忌地使用了[①]。他是在精心考虑后决定这样做的。如果把这笔钱藏在某

---

① 日本法律规定，遗失物公告后，过了公告期所有者仍未出现时，遗失物的所有权将归捡到者所有。

个地方，难保不会被人拿走；自己拿着，肯定极其危险。不仅如此，即使老妇人记下了纸币的编号（他已经尽量确认过，基本不需要担心），现在的做法也万无一失。

"连佛祖也想不到，这世上竟然有人偷了东西还自己交给警察！"

蔸屋忍住笑意，心中暗想。

翌日，在出租屋里，蔸屋和往常一样从舒服的睡眠中醒来。他边打哈欠边打开枕边送来的报纸，浏览社会版时，突然看到了一个让他非常意外的事件，大吃一惊。不过，这不是他担心的事情，而是没有预料到的对他有利之事——朋友斋藤以杀人嫌疑被逮捕了，理由是他身上有一大笔与他身份不相称的钱。

"作为斋藤最好的朋友，我现在到警察署去了解一下相关情况，应该比较自然吧。"

蔸屋急忙穿好衣服，赶往警察署。他去的是昨天交钱包的那个地方，他为什么不去其他警察署呢？这也是他特有的无技巧主义的有意为之。他表现出适度的担忧，要求让他见见斋藤。但是正如他所预料的，没有得到许可。于是，他详细询问了怀疑斋藤的原因，在一定程度上弄清了事情的经过。

蔸屋是这样想象的：

昨天，斋藤比女佣早一步回了家，时间是在蔸屋杀人离开后不久。然后，他发现了尸体。但是，他在去报案之前，必定想起了某件事，就是那个花盆。如果是盗贼所为，花盆下面的钱是否还在呢？大概出于好奇，斋藤查看了那个花盆，钱包意外地还在原处。看到钱包后，斋藤起了贪念，虽说太轻率，却合乎情理。一是谁也不知道藏钱的地点，二是人们必然认为是盗贼杀了老妇人，偷走了钱，这样的前提对谁都是难以抗拒的极大诱惑。之后他干了些什么呢？据警察说，他若无其事地跑到警察署报告杀人案。可是他这个人头脑太简单了，居然若无其事地把偷来的钱塞在自己的腹带里，看样子他万万没想到会在那里被搜身。

"等一等，斋藤究竟是怎么为自己辩解的呢？他说不定会给我带来危险！"蕗屋对此进行了各种假设，"他身上的钱被发现时，他也许会回答：'钱是我自己的。'不错，没有人知道老妇人有多少钱财以及钱财藏匿的地点，所以这种解释或许能成立。只是金额过于巨大，所以最后他大概只好说实话。可是，法院会相信他的供词吗？只要没有其他嫌疑人，就不能判他无罪，运气好的话，也是有可能判他杀人罪的，要是那样就好了……不过，预审官在审讯时或许会搞清楚许多情况，比如斋藤对我说过老妇人藏钱的地点，以及案发两天前，我曾经进入老妇人房中聊了很久，还有我很穷困，连交学费都有困难等。"

但是，这些问题蕗屋在制订计划之前就已经考量过了。而且，不管怎么想，警察也不可能从斋藤口中得到更多对蕗屋不利的事实。

蕗屋从警察署回来，吃过早餐（此时他给送饭来的女佣讲述了杀人案），然后像往常一样走进学校。学校里人人都在谈论斋藤，他不无得意地给同学们讲起了这个新闻。

## 三

　　读者诸君，熟知侦探小说的人自然知道，故事绝不会就此结束。的确如此。事实上，以上叙述不过是故事的前奏，作者真正希望各位读到的是后面的情节，即蕗屋精心筹划的犯罪是如何被侦破的。

　　担任本案预审的审判官是有名的笠森先生。他不仅是普通意义上的名审判官，而且还因某些特殊的爱好而享有名气。他是一位业余心理学家，因此当遇到用普通方法无法破解的案子时，他就会使出撒手锏——利用丰富的心理学知识破案，并屡屡奏效。他虽然资历浅、年纪轻，但的确具有判案才华，只当一个地方法院的预审员实在可惜了。因此，这次老妇人被杀事件交给笠森审判官来审理时，谁都相信此案会轻松告破，笠森先生自己也不例外。像往常一样，他打算在预审法庭上调查清楚此案，以便公判时可以滴水不漏地解决此案。

　　可是，随着调查的深入，审判官渐渐明白破解此案有一定的难度。警方简单地主张斋藤有罪，笠森审判官也承认其主张有一定道理。因为警方对最近曾进出过老妇人家中的人，包括她的债务人、房客，以及一般的熟人，都逐一进行了传讯、调查，却没有发现一个值得怀疑的对象（蓆屋自然也是其中之一）。因为没有其他嫌疑人，目前只能判定最值得怀疑的斋藤勇为罪犯。而且，对斋藤最不利的，是他那生来软弱的性格，他一走进审讯室就精神紧张，回答问话也是结结巴巴地答不上来。由于紧张而头脑发昏的斋藤常常推翻原来的供述，忘记理应知道的事情，讲些不必要的话，而且他越着急，嫌疑就越重。之所以会这样，是因为他偷老妇人的钱觉得理亏，不然的话，斋藤的脑子还是灵活的，即便再软弱，也不至于说错那么多话。他的处境，实在值得同情。但是，笠森先生还无法认定斋藤是杀人犯，现在只是怀疑，他本人没有承认杀人，也没有一个确凿的证据。

就这样，事件过去了一个月，预审迟迟没有结果，笠森审判官也开始着急了。恰好此时，负责案发地治安的警察署长给审判官送来一个让他兴奋的报告。报告里说，事件当天，有个装有五千二百多日元的钱包在离老妇人家不远处被人拾到，送交钱包者就是嫌疑人斋藤的好友蓆屋清一郎。工作人员因为疏忽，之前一直没有注意到这一点，但时间已过去一个月，尚没有失主前来认领这笔巨款，事情似乎有些值得怀疑。

一筹莫展的笠森审判官看到这个报告，仿佛看到了一线光明，他立即办理了传唤蓆屋清一郎的手续。可是，尽管审判官充满希望，却未得到任何结果。他问："在事件调查的当天，你为什么没有提到拾到巨款的事？"蓆屋回答："因为我没有想到钱包与杀人事件有什么关系。"此回答理由充分。既然在斋藤的腹带里已经发现老妇人的财产，谁会想到其他的现金，特别是丢失在大街上的现金是老妇人财产的一部分呢？

真有这样的巧合吗？事件当天，在离现场不远的地方，第一嫌疑人的好友（根据斋藤的陈述，蓆屋知道藏钱的花盆）拾到大笔现金，这真的是偶然吗？笠森审判官绞尽脑汁想从中寻找破绽。令人遗憾的是，老妇人没有记录下纸币的编号，要是有记录的话，就可以立刻判明这可疑的钱是否与本案有关了。"哪怕是件极小的事，只要能抓到一条有力的线索就行。"笠森审判官倾注了全部的注意力，他对现场反复勘查了多次，还彻底调查了老妇人的亲戚关系，却都一无所获。时间又白白过去了半个月。

到这里，笠森审判官认为只有一种可能性了，就是蓆屋将老妇人存钱的一半放在原处，然后将另一半取走放入钱包，装作是在大街上捡到的。他有可能做这种蠢事吗？笠森调查了钱包，并无任何线索。而且，蓆屋在陈述自己散步经过老妇人家门前时相当镇静，罪犯能说出这样大胆的话吗？而且，最重要的凶器一直不知去向，搜查了蓆屋的宿舍，也一无所获。斋藤那边也一样，没有找到任何证据。那么，究竟谁更有嫌疑呢？

现在，此案还没有任何一件确凿的证据。如果按警察署长所说凶手是斋藤，他确实嫌疑重大；如果怀疑蓆屋，他也有可怀疑之处。总之，经过这一个半月的侦查，目前唯一可以确定的是，除了这两个人，没有别的嫌疑人。别无他法的笠森审判官觉得是时候拿出撒手锏了，他决定对两位嫌疑人施行迄今为止屡屡奏效的心理测试。

## 四

蕗屋清一郎在案发后受到第一次传讯时,就得知传讯他的预审审判官是有名的业余心理学家笠森先生。因此,他预想到可能出现的状况,变得有些慌乱。就算是聪明的蕗屋,也疏忽了日本竟然有人能仅凭个人爱好就独自进行心理测试。他曾看过各种相关书籍,对心理测试为何物知道得非常清楚。

这一巨大打击,使他失去了若无其事地继续上学的镇静。他借口生病,躲在寄宿的公寓内,整日思考如何渡过这个难关。其周密与专注的程度,与设计杀人计划时一样,甚至有过之而无不及。

笠森审判官究竟要做什么心理测试呢?他无法预知。于是,蕗屋根据自己知道的心理测试方法,逐一思考应对之策。可是,这种心理测试本来就是为判断口供的真伪而产生的,对心理测试撒谎在理论上几乎是不可能的。

按照蕗屋的想法,心理测试根据性质可分为两大类:一种是根据纯生理上的反应来判定;另一种是通过词语来判别。前者是测试者对被测试者提出有关犯罪的各种问题,用相关的仪器记录被测试者身体上发生的细微反应,以此得到普通讯问无法知道的真相。人纵然可以在语言、面部表情上撒谎,但是无法控制神经的兴奋,它会通过肉体上的细微变化表现出来。根据这一理论,有如下测试方式:借助自动记录器发现手的细微动作;依靠某种手段测定眼球的转动规律;用呼吸记录器测试呼吸的深浅快慢;用脉搏记录器测量脉搏的高低快慢;用血压记录器测量四肢的血液流量;用电表测试手心细微出汗的情况;用轻敲膝关节观察肌肉收缩的程度,以及其他类似的方法。

假如突然被问到"是你杀死老太婆的吧",他自信能够镇静地反问:"你这样说有什么证据吗?"但是,他很难保证回答时血压不会异常升高,呼吸不会加快。这是不是真的无法控制呢?他在心中设想了各种问话问自己,奇怪的是,自己向自己提出的问题,无论怎样尖锐,多么出人意料,似乎都不会引起身体上的变化。因为没有测试工具,无法判断出准确的情况,但既然感觉不到神经的兴奋,那肉体上应该也没有明显的变化。

在进行各种实验和猜测的过程中,蓆屋突然产生了一个想法——反复练习的话,会不会影响心理测试的效果呢?换句话说,神经的反应对于同样的提问,第二次比第一次,第三次比第二次,会不会逐渐减弱呢?也就是说会习以为常,很有可能!自己对自己的讯问没有反应,实际上也是一样的道理,因为在发出讯问之前,心里已经有准备了。

于是,他翻遍《辞林》的几万个单词,把有可能被讯问的词句一字不漏地抄写下来，然后用一周的时间进行神经的反应练习。

然后就是语言测试的方法了。这个没什么可怕的，不过是语言游戏，容易应付过去。这种测试虽然有各种方法，但最常用的联想诊断法与精神分析学家诊断病人时使用的是同一种把戏。依次读出"拉门""桌子""墨水""笔"等毫无意义的单词，让被测试者尽可能不假思索地快速说出由这些单词联想到的词语。如由"拉门"联想到"窗户""门槛""纸""门"等，什么都行，总之要让他说出想到的词语。在这些无意义的单词中，不让人察觉地混入"刀子""血""钱""钱包"等与犯罪有关的单词，来观察被测试者对此产生的联想。

以杀害老太婆的事件为例，如果是头脑简单的人，对"花盆"一词也许会无意中回答"钱"，因为从花盆盆底偷"钱"给他的印象最深，这样就等于供认了自己的罪状。但是，稍有头脑的人，即使脑中浮现出"钱"字，也会控制住自己，回答"陶器"之类的。

对付这种伪装有两种方法：一种是第一轮单词测试后，稍隔一段时间再重复测试一次。真实给出的回答前后很少有差异，而刻意的回答则十有八九与前一次不同。如"花盆"一词，第一次答"陶器"，第二次可能会答"土"。

另一种方法是用一种仪器精确地记录从发问到回答所用的时间，根据时间的快慢进行判断。例如，对"拉门"回答"门"的时间为一秒，而对"花盆"回答"陶器"的时间却是三秒，这说明被测试者脑中抑制了最先出现的"花盆"的联想，占用了时间，被测试者则被认为可疑。而且该延迟不仅出现在这一单词上，有时还会影响后面的无意义单词的反应速度。

此外，还有一种方法是，将犯罪当时的情况详细说给被测试者听，让他背诵。真正的罪犯在背诵时，往往会在细微之处无意识地脱口说出与听到的内容不同的真实情况。

对于这种测试，当然需要采取与上一种测试相同的练习。但是比这更要紧的，用蓝屋的话说，就是表现得要单纯。不玩弄无聊的技巧，对"花盆"，索性直接回答"钱""松树"反而最为安全。因为对蓝屋来说，即使他不是罪犯，也会通过审判官的调查等途径在某种程度上知道犯罪事实。而且花盆底部藏钱的事应该给自己留下了最新也最深刻的印象，因此这样联想反而极其自然。另外，在背诵现场情况时使用这个手段也相当安全。问题在于需要时间练习。花盆出现时，要能毫不犹豫地回答出"钱""松树"，必须事先反复练习。这种练习又使他花费了几天时间。至此，他已经完全准备好了。

蓝屋还想到一件对他有利的事。他即便接触到未曾预料到的讯问，或者对预料到的讯问做出了不利的反应，也没有什么可怕的。因为被测试的不止他一人。那个神经敏感的斋藤勇，即便没做过亏心事，面对各种讯问，也无法平心静气地应对吧？恐怕至少要做出与我相似的反应。

蓝屋这样想着安下心来，心情放松得都想哼一支歌了，甚至迫切地希望笠森审判官快点传讯了。

## 五

笠森审判官是怎样进行心理测试的？神经质的斋藤是如何反应的？蕗屋又是怎样镇静地接受测试的？这些在此不多说明，直接进入结果。

心理测试后的第二天，当笠森审判官在自家书斋里看着测试结果苦思冥想的时候，用人递上了明智小五郎的名片。

读过《D坂杀人事件》的读者，多少知道这位明智小五郎是何许人也吧。那起案件之后，他在许多棘手案件中表现出了非凡的才能，博得专家乃至一般民众的一致赞赏。由于某起案件的机缘，他与笠森审判官也亲密起来。

在女佣的引导下，明智微笑着来到笠森审判官的书斋里。本故事发生在《D坂杀人事件》后数年，他已经不是从前那个书生模样了。

"嘿，这起案子，我还真没法子了。"

笠森转向明智，神情很忧郁。

"就是那起老妇遇害案吗？心理测试结果怎么样？"

明智边瞅着审判官桌上的资料边问。案发以来，他时常与笠森审判官会面，详细询问案情。

"结果很清楚，"笠森说，"不过，我就是觉得不满意。昨天进行了脉搏试验和联想诊断，蕗屋几乎没什么反应。当然脉搏也有许多可疑之处，但与斋藤相比，少得几乎不是问题。你看看这个。这里有提问事项和脉搏记录。斋藤的反应很明显吧？联想试验也是如此。你看看对于'花盆'这个刺激语的反应时间就清楚了，蕗屋的回答比其他无意义的词还快，可是斋藤呢，竟用了六秒多钟。"

| 刺激语 | 蕗屋清一郎 ||  斋藤勇 ||
| --- | --- | --- | --- | --- |
|  | 反应词语 | 所需时间（秒） | 反应词语 | 所需时间（秒） |
| 头 | 发 | 0.9 | 尾 | 1.2 |
| 绿色 | 蓝色 | 0.7 | 蓝色 | 1.1 |
| 水 | 热水 | 0.9 | 鱼 | 1.3 |
| 唱 | 唱歌 | 1.1 | 女人 | 1.5 |
| 长 | 短 | 1.0 | 绳子 | 1.2 |
| ○杀死 | 小刀 | 0.8 | 犯罪 | 3.1 |
| 船 | 河 | 0.9 | 水 | 2.2 |
| 窗户 | 门 | 0.8 | 玻璃 | 1.5 |
| 料理 | 西餐 | 1.0 | 寿司 | 1.3 |
| ○金 | 纸币 | 0.7 | 铁 | 3.5 |
| 冷 | 水 | 1.1 | 冬天 | 2.3 |
| 病 | 感冒 | 1.6 | 肺病 | 1.6 |
| 针 | 线 | 1.0 | 线 | 1.2 |

（续表）

| 刺激语 | 蓈屋清一郎 反应词语 | 所需时间（秒） | 斎藤勇 反应词语 | 所需时间（秒） |
|---|---|---|---|---|
| ○松 | 盆栽 | 0.8 | 树 | 2.3 |
| 山 | 高 | 0.9 | 河 | 1.4 |
| ○血 | 流 | 1.0 | 红色 | 3.9 |
| 新 | 旧 | 0.8 | 衣服 | 2.1 |
| 厌恶 | 蜘蛛 | 1.2 | 病 | 1.1 |
| ○花盆 | 松 | 0.6 | 花 | 6.2 |
| 鸟 | 飞 | 0.9 | 金丝雀 | 3.6 |
| 书 | 丸善 | 1.0 | 丸善 | 1.3 |
| ○油纸 | 隐藏 | 0.8 | 包裹 | 4.0 |
| 朋友 | 斎藤 | 1.1 | 说话 | 1.8 |
| 纯粹 | 理性 | 1.2 | 语言 | 1.7 |
| 箱子 | 书箱 | 1.0 | 人偶 | 1.2 |
| ○犯罪 | 杀人 | 0.7 | 警察 | 3.7 |
| 满足 | 完成 | 0.8 | 家庭 | 2.0 |
| 女人 | 政治 | 1.0 | 妹妹 | 1.3 |
| 画 | 屏风 | 0.9 | 景色 | 1.3 |
| ○偷盗 | 钱 | 0.7 | 马 | 4.1 |

原文注：测试词前的○代表该词是与犯罪相关的测试词，这次测试中实际使用了上百个测试词，它们被细分为两三组，一组一组进行测试，此表格为了让读者易于理解进行了简化。

笠森给明智看的联想试验记录如上表所示。

"这不是非常明了了吗？"笠森审判官边等着明智看完记录边说，

"从这张表可以看出，斋藤有许多词的回应是在刻意掩饰。最明显的是反应时间迟缓，不仅是关键的单词，还影响到了紧接其后的第二个词。还有，对'金'回答'铁'，对'偷盗'回答'马'，这些联想都很勉强。对'花盆'的联想时间最长，多半因为对'金'和'松'这两个词的联想顾虑重重而耽误了时间。跟他相反，蕗屋表现得极其自然。比如对'花盆'答'松'，对'油纸'答'隐藏'，对'犯罪'答'杀人'，等等，假如蕗屋是罪犯，必然会竭力掩盖联想，他却平静地在短时间内答出了。如果他是杀人犯，又做出了这种反应的话，只能认为他是低能儿了。实际上，他是大学的学生，并且是很优秀的学生……"

"确实可以这样理解。"明智若有所思地说。

但是笠森审判官丝毫没有注意到明智意味深长的表情，继续说：

"由此看来，蕗屋应该可以不用怀疑了。至于斋藤到底是不是罪犯，尽管测试结果是这样显示的，但我还是不能肯定。虽然预审并不是最后的判决，而且也可以就此交差，但你知道，我是不愿意承认失败的。我最讨厌看到公审时，自己的判断被彻底推翻，所以这让我很头疼啊！"

"这张测试表实在太有趣了，"明智拿着表格说，"据说蕗屋和斋藤都很爱学习，从两人对'书'一词都回答'丸善'①就可以看出来。更有意思的是，蕗屋的回答大都倾向于物质的、理智

---

① 丸善：日本老字号书店名。

的，斋藤的回答多是温柔的、抒情的，对吧？比如'女人''衣服''花''人偶''妹妹''景色'之类的回答，让人感觉他是个多愁善感、性格懦弱的男人。另外，斋藤一定身体不好。你看看，他对'厌恶'答'病'，对'病'答'肺病'，这说明他总是担心自己是不是得了肺病。"

"这也是一种看法，联想诊断这东西，越琢磨，就越是能得出各种有趣的判断。"

"不过，"明智稍稍调整了一下语气接着说，"你是否考虑过心理测试的弱点呢？德·基罗斯曾经批评心理测试的倡导者闵斯特伯格，表示这种方法是为替代拷问而发明的，但其结果仍然与拷问相同，有时也会判无罪者为有罪，判有罪者为无罪。闵斯特伯格似乎在哪本书上写过，心理测试真正的效能，只限于发现嫌疑人是否知道某场所、某人或某事，如果把它用于其他场合就有几分不可靠了。对你谈这些也许有班门弄斧之嫌，但我觉得这是十分重要的，你说呢？"

"如果考虑最坏的情况，或许真是如此。当然，我也知道这些说法。"笠森审判官有些不悦地回答。

"但是，说不定这种最坏的情况就近在眼前呢！这么说吧，假定一个神经非常脆弱的无罪者受到了怀疑，他在犯罪现场被抓获，并且非常了解犯罪的实际情况。这种人，面对心理测试，他能够做到坦然自若吗？'啊！要对我进行测试了，我该怎么回答才能不被怀疑呢？'他自然会这样想，而且紧张不已。在这种情况下进行的心理测试,不是很有可能会导致德·基罗斯所说的'判无罪者为有罪'吗?"

"你说的是斋藤吧?我也有这种感觉,所以我刚才不是说我还在犹豫吗?"笠森审判官眉头皱得更紧了。

"如果如你所说判定斋藤无罪的话(当然偷盗钱财的罪是免不了的),究竟是谁杀死了老太婆呢?"

笠森打断明智的话,有些粗鲁地问:"难道,你已经有其他怀疑对象了?"

"有了。"明智微笑着说,"从这次联想测试的结果看,我认为罪犯就是蕗屋,当然还不能完全断定。他现在已经回去了吧?能不能不露声色地把他叫到你这儿来呢?要是能把他叫来,我一定查明真相给你看。"

"你说什么!莫非你有什么确切的证据了?"笠森审判官十分惊讶地问。

明智并无得意之色,他详细说出了自己的想法,这想法令审判官佩服得五体投地。笠森立马采纳了他的建议,派用人去蕗屋的宿舍叫他。

"你的朋友斋藤很快就要被判有罪了。为此,我有话要找你聊聊,烦劳你到寒舍来一趟。"

这是用人传达的邀请。蕗屋从学校回来,一听审判官有请,就急忙赶来了。他虽然一向小心谨慎,但听到这喜讯也十分兴奋。而且由于过分高兴,他完全没有意识到其中有着可怕的圈套。

## 六

笠森审判官大致说明了判决斋藤有罪的理由后，补充道：

"对于曾经怀疑你，非常对不起。今天请你到这儿来，是想在致歉的同时好好解释一下。"

随后，他命人为蕗屋沏了杯红茶，以极其放松的神态闲谈起来。明智也参与了聊天，审判官介绍说，这位是他的朋友，是位律师，他受到死去的老妇人的遗产继承人委托，来催收借款。虽然一半是撒谎，但是亲属会议决定由老妇人乡下的侄子来继承遗产，确有其事。

他们三人从斋藤的传闻开始，东拉西扯地谈了许多，彻底放心的蕗屋是三人之中最侃侃而谈的。

谈话间时间悄然飞逝，窗外已经渐渐日暮。蕗屋注意到时候不早了，一边准备告辞，一边说：

"我也该回去了，没什么别的事了吧？"

"噢，对了，我差点儿给忘了，"明智故作轻松地说，"其实，也不是多么要紧的事，今天正好顺便问你一下……不知你知不知道,那个出事的房间里立着一面对折的金色屏风,由于那上面有点破口,结果引起了一点儿小麻烦。因为屏风不是那个老太太的,是借款人的抵押品,物主说,肯定是在杀人时碰坏的,所以必须赔偿他们。而老太太的侄子也和老太太一样是个吝啬鬼,说是也许这破口原来就有,就是不同意赔偿。计较这件事实在没意思,可是我也无可奈何。这屏风像是件相当有价值的物品,你经常出入她家,也许知道那面屏风吧?你记不记得屏风以前有没有伤呢?你可能没有印象了吧?大概对屏风什么的没怎么注意?实际上我也问过斋藤,他太紧张,记不清了。而且,女佣已回了乡下,即便去信询问,估计也说不清楚,真让人为难啊……"

屏风是抵押品,没有错,但其他说辞都是编的。蓣屋乍一听到"屏风"这个词时心中一激灵,但听到后来,发现跟自己没有什么关系,就放下心来。心想怕什么,案子不是已经结了嘛!

蓣屋稍微思索了一下该如何回答,最后还是决定像以前那样实话实说最安全。

"审判官先生很清楚,我只到那房间去过一次,而且是在案发的两天前,也就是上个月的三号。"他笑嘻嘻地说,这样的说话方法令他很愉快。

"但对那面屏风,我有印象,我看到它时,好像没有什么伤。"

"是吗?没有记错吗?只是在那个小野小町的脸部,有一点点伤。"

"对，对，我想起来了，"蕗屋装作刚刚想起来似的说，"那上面画的是六歌仙吧，小野小町我也有印象。但是，如果那上面有伤，我不会看不见的。如果那个色彩鲜艳的小野小町脸上有伤的话，我一眼就可以看出来。"

"那么，可以麻烦你到时候做证吗？屏风的物主是个财迷，很不好对付。"

"好的，没有问题，我随叫随到。"

蕗屋不无得意，答应了这位律师的请求。

"谢谢！"明智边用手指搔弄浓密的头发，边愉快地说（这是他兴奋时的习惯动作），"实际上，我从一开始就认为你肯定知道屏风的事。因为昨天的心理测试的记录中，对'画'的提问，你给出了'屏风'这一特殊的回答。就是这儿！宿舍不会摆放屏风，除了斋藤，你似乎没有更亲密的朋友，所以我推测，你应该是由于某个特别的缘故才对这屏风有特别深的印象。"

蕗屋有些吃惊，事实的确如此。可是，昨天他为什么会说出屏风呢？而且奇怪的是，一直以来他丝毫没有察觉到这一点。实在太危险了，但到底危险在哪儿，他也说不上来。当时，他确实仔细检查过那个破口，应该没有留下任何线索。不要紧，不要紧！这么一想，他终于安下心来。实际上他没有察觉到，他已经犯下了一个再明显不过的大错。

"是的，你说得一点儿不错。我完全没有注意到这一点，你的观察真是敏锐啊！"

蕗屋仍旧贯彻无技巧主义的方式，若无其事地答道。

"哪里，我是偶然注意到的。"假装律师的明智小五郎谦逊地说。

"不过，我还发觉另一个事实，当然绝不是什么让你担心的事。昨天的联想测试中有八个危险的单词，你都很好地通过了，简直太完美了。但凡心里有一点儿内疚，都不会答得这样漂亮。这八个单词，前面都打着圆圈，就是这个。"说着，明智拿出记录给他看，"不过，对这些词你的反应时间虽说只快了一点点，但都比其他无意义的单词回答得快。比如对'花盆'回答'松'你只用了零点六秒。这真是难得的单纯啊！在这三十个单词中，最容易联想的首先是'绿色'对'蓝色'，但就连这个简单的词，你也用了零点七秒的时间。"

蕗屋开始感到不安，这个律师究竟为了什么目的这样饶舌呢？是好意还是恶意？是不是有什么更深一层的居心？他拼命地思索这番话的含义。

"我认为无论是'花盆'、'油纸'还是'犯罪'，那八个单词绝不比'头'或者'绿色'等平常的单词更容易联想。尽管如此，你却很快地回答出了比较难联想的词，这意味着什么呢？我所发觉的就是这一点，要不要猜测一下你此刻的心情？这也是很有趣的事，假如猜错了，请你原谅。"

蕗屋惊得浑身一抖，他自己也不明白为什么会搞成这个样子。

"你一定非常了解心理测试的危险，所以事先做了准备吧？涉及与犯罪有关的语言，你心中早已盘算好了，如果那样问就这样答。我绝不想批评你的做法。实际上，心理测试这玩意儿，有时候非常不准确。谁也不能断言它不会将有罪判成无罪，或者将无罪定为有罪。但是，倘若准备得太充分了，即使你没想答得那么快，那些话也会迅速说出来。这的确是你的一大失策。你只是担心回答迟了，却完全没有觉察到回答得太快也同样危险。当然，这种时间的差距非常微小，不仔细观察的人是很容易疏漏的。当然，伪装出来的东西，总会有些破绽。"明智怀疑蕗屋的论据就在于此，"你为什么选择'隐藏''杀人''钱'等容易被怀疑的词语回答呢？不言而喻，这就是你的单纯之处。因为假如你是罪犯的话，是绝不会对'油纸'回答'隐藏'的。能够若无其事地回答这样危险的词，说明你心里没鬼。你是这样想的吧？我这样说对吗？"

蕗屋目不转睛地盯着说话者的眼睛。不知为什么，此刻他无法移开自己的眼睛，而且他感觉从鼻子到嘴部的肌肉已经僵住，无论想笑、想哭、想表示惊异，这些表情都做不出来了。当然也说不出话了。如果勉强说话的话，一定会变成恐怖的叫声。

"这种不刻意掩饰、实话实说的方式，是你的显著特点，因此我才对你提出那样的问题。怎么样，你明白了吗？就是那面屏风。我相信你会如实地回答我，实际情况也是这样。请问笠森先生，六歌仙屏风是什么时候搬到那个老妇人家中的？"

"是案发的前一天,也就是上个月的四号。"

"什么,你说是前一天是真的吗?这可就奇怪了,刚才蕗屋不是清楚地说他在案发的两天前即三号,在房间里看到过它吗?真令人费解,你们到底是谁搞错了呢?"

"蕗屋大概记错了吧?"审判官嘿嘿笑着说,"直到四日傍晚,那个屏风还在它真正的主人家里,这是毫无疑问的。"

明智怀着浓厚的兴趣观察蕗屋的表情,蕗屋的表情就像马上要哭出来的小女孩似的,难看地扭曲着。这是明智一开始就计划好的圈套,他早已从审判官那里得知,案发的两天前,老妇人房中没有屏风。

"这回可麻烦了!"明智显得很犯难地说。

"这是个无法挽回的大失误啊!你为什么把没看到的东西说成看到了呢?你不是从案发两天前之后,就一次也没有进入过那个房间吗?而且你还记住了六歌仙的画,这是你的致命失误。估计你老是想着要说实话,却不小心说了谎话,对不对?两天前,你进入内室时,注意到那里有屏风了吗?应该不会注意到,因为那面屏风与你的计划没有任何关系,即便有屏风,如你所知,那颜色发暗的古旧屏风在其他家具中也不可能特别引人注目。刚才你之所以认为案发当天在那儿看到屏风,两天前也一样放在那儿,这并不奇怪,因为是我引导你那样去想的。这就像是一种错觉,但仔细想想,这在我们日常生活中其实随处可见。如果是普通的罪犯,绝不会像你那样回答,因为他们总是千方百计地去掩盖。可是，对我有利的是，你比一般的法官和犯罪者还要聪明十倍、二十倍。也就是说，你有这样一个信念：只要不触及要害，尽可能地坦白说话反而更安全。这是一种否定之否定的做法。于是我就反其道而行之，因为你应该没有想到一个与本案毫无关系的律师，会为了让你招供而下套吧，哈哈哈哈……"

蓣屋无言以对，他脸色苍白，额头上渗出了一片汗珠。他想，事已至此，越是辩解，越会露出破绽。他脑子聪明，心中清楚自己的失言是多么难以辩解的证词。奇妙的是，此刻，孩提时代至今的各种往事，就像走马灯似的在他的脑子里迅速出现又消失。他长时间地沉默不语。

"你听到了吗？"过了一会儿，明智说，"你听到沙沙的声音了吧。那是有人在隔壁房间里，记录我们的对话呢……喂，已经问完了，你把它拿过来吧。"

这时，隔扇门打开，一位书生模样的男子走出来，手里拿着一卷纸。

"请你念一遍！"明智对男子说。

那男子从头开始朗读了一遍。

"好了，蓣屋，在这里签个名，按手印就行。可以按个手印吗？你不会说不按吧，我们不是刚刚说好，关于屏风的事，你随时都可以做证吗？当然，你可能没有想到是这样做证。"蓣屋非常明白，现在纵使拒绝签名也无济于事了。蓣屋签名、按手印，同时也等于承认了明智惊人的推理。他现在已经低头认输，自认失败了。

"正如刚才所说，"明智最后说道，"闵斯特伯格曾说，心理测试的真正效能仅限于测试嫌疑者是否知道某地、某人或某物。拿这次事件来说，就是蕗屋是否看到了屏风这一点。除此之外，恐怕进行上百次心理测试也是毫无用处的，因为对手是像蕗屋这样预想到了一切并进行了缜密准备的人。我想说的另一点是，心理测试这种东西，未必像书中所写的那样，必须使用一定的刺激语和准备一定的测试仪器，就像我刚才给你做的测试，只通过极其平常的对话也可以充分达到目的。古代的著名审判官，像大冈越前守那样的人物，就是在不知不觉中有效地使用了现代心理学的方法破案的。"

# 黑手帮

江户川乱步名侦探篇

## （上）显露的事实

今天还是讲个明智小五郎侦破奇案的故事。

该案件发生在我与明智相识一年之后。此案不但富有戏剧性色彩，妙趣横生，而且事关我的一个亲戚，因此我至今难以忘怀。

从这起案件中，我发现了明智具有解读密码的卓越才能。为了满足诸位的好奇心，我先将他破解的密码原文写在这里。

一度おうかがいしたいと存じながらつい好い折がなく失礼ばかり致しておりますこの頃にお暖かな日がつづきますのね是非割合にお邪魔させていただきますわ扨旧此頃にお暖かな日がつづきますのね是非外ばつまらぬ品物をお贈りしました処御叮嚀なお礼を頂き痛み入りますあの手提袋は実はわたくしがつれづれのすさびに自分から拙い刺繍をしました物で却って叱りを受けるかと心配したほどですのよ歌の方は近頃はいかが？時節柄お身お大切に遊ばして下さいまし

　　　　　　さよなら

这是写在一张明信片上的内容①，我一字不差地抄在这里。从文字的涂改到各行字数的排列都一如原文。

下面，我就讲讲这个故事。那时我为了躲避寒冬，顺便也带了点手头的工作，去热海温泉的某家旅馆住了些日子。每天除了泡好几次温泉，就是遛遛弯儿或懒散地躺在床上，空闲之时便写点东西，每天过得十分惬意。有一天，泡过温泉后身子暖乎乎的，我舒舒服服地坐在走廊的藤椅上晒着太阳、浏览当天的报纸时，突然看到一篇令人吃惊的报道。

当时，东京有一个自称"黑手帮"的黑道团伙非常猖獗，到处肆意妄为。警方虽竭尽全力多方侦查，也拿他们无可奈何。昨天某富豪遭到抢劫，今天某贵族又遇到了袭击等，流言满天飞，搞得整个都城人心惶惶，天天不得安宁。报纸的社会版每天都在大肆渲染这方面的消息。今天也以特大标题，极其夸张地登出了《神出鬼没的怪贼》这样的报道吸引人们的眼球。不过，我早已习惯了此类报道，并没有多大兴趣。但是，在那篇报道下面发布的受害者的消息中，我看到了小标题"××氏受到袭击"下面的十二三行报道，异常吃惊，因为那位××氏正是我的伯父。因报道太过简单，详细情况不明，只说是

---

① 译文：一直想前去探望，总是没有合适的机会，深感抱歉！近来，天气日渐暖和，一定择日去府上叨扰。几日前敬赠之物，承蒙夸赞，愧不敢当。那手袋是我为打发闲暇的拙绣，唯恐不入您的眼。和歌近日有无佳作？正值季节转换之时，万望保重贵体。再见。

××氏的女儿富美子被贼人绑架，被敲诈了赎金一万日元。

我出生的家庭极其贫穷，眼下我的生活也不富裕，以至于来温泉休养，都不得不写点东西挣钱。可不知什么缘故，伯父却相当有钱。他身兼两三家大公司的董事，自然会成为黑手帮下手的目标。因伯父向来对我照顾有加，所以，我必须放下一切，尽快赶往伯父家看望一下。我也太粗心了，居然连伯父家横遭灾祸、被敲诈了赎金的事都一无所知。想来伯父一定给我的住处打过电话，可这次出行，我没有告知任何人，所以看到报纸后才知晓了这个不幸的消息。

于是，我火速收拾行装，回了东京。一放下行李便赶往伯父家。没想到，我一进伯父家门，就看到伯父伯母正端坐在佛像前，一心不乱地敲着太平鼓和梆子，吟诵"南无妙法莲华经"呢！他们一家人都是狂热的日莲宗信徒，对日莲上人极为膜拜。甚至，伯父对于跟他做生意的人，也要先确认对方信仰日莲宗，才准许其出入。可是即便再虔诚，此时也并不是念经的时间。我心里颇为纳闷儿，细问之下才知道，原来该事件还没有得到解决。尽管已经按照绑匪的要求交付了赎金，可是宝贝女儿却没有被放回来。他们夫妇反复念诵"南无妙法莲华经"，只是万般无奈之下，想祈求佛祖显灵，救回他们的女儿。

在此，必须先介绍一下当时黑手帮的作案方式。那不过是几年前的事，可能还有读者记得当时的情况。他们总是先绑架目标人的子女作为人质，然后索求巨额赎金。他们会在恐吓信里详细地指定于某月某日某时，携带若干现金到某场所去。届时，黑手帮的老大会等候在那里。就是说，赎金是由受害人直接交给黑手帮的。这等行事何其胆大包天！可即便如此，他们却从未失手过，无论是绑架，还是恐吓，或收取赎金，无不做得干净利落，从不留下一点儿线索。倘若受害人事先报警，在交付赎金的地方有警察埋伏的话，不知怎样得到消息的，他们就绝对不会出现在那个场所了，随后那个被绑架的人质便会惨遭杀害。由此可见，此次的黑手帮案件，并非社会上常见的地痞流氓所为，定是非常有头脑且胆大妄为的家伙干的。

且说被绑匪勒索的伯父家里，如上面所说，伯父伯母及其他人，都吓得六神无主，面无血色。一万日元赎金被拿走了，女儿却没有被放回来，看来在实业界素有"足智多谋的老狐狸"之称的伯父，也无计可施了。于是，他才会破天荒地向我这样的年轻后生寻求帮助。我的堂妹富美子时年十九岁，长得非常漂亮。所以，交了赎金之后，仍没有把人放回来，让人担心堂妹会遭到贼人的祸害。不然的话，便是黑手帮觉得伯父比较容易敲诈，一次还不够，想要三番两次地继续索要赎金。不管是什么缘由，伯父都忧心不已。

除富美子外，伯父还有一个儿子，但他刚上中学，根本指望不上。所以，我便成了伯父商量各种对策的参谋。向伯父仔细了解了情况后，我发觉黑道的作案方法正如传闻所言，实在巧妙之极，颇有些妖魔鬼怪般的高明招数。我对于犯罪、侦探之类的事有着超乎常人的兴趣，正如诸位熟知的《D坂杀人事件》那样。有时，我幼稚地以业余侦探自居，还绞尽脑汁，妄想有机会和那些专业侦探一较高下，却一直毫无建树，因为我根本察觉不了任何犯罪线索。虽然伯父去警察署报了案，但是这起案子，只靠警察能解决吗？至少从迄今为止的办案情况来看，没有多少把握。

因此，我理所当然地想起了朋友明智小五郎。要是请他帮忙查办这起案子，说不定能搞出个眉目来。想到这儿，我立刻向伯父提出这个建议。此时的伯父，正盼望商谈对策的人越多越好，加上平日里我经常跟他谈论明智的侦探本领，因此，伯父尽管并不完全相信他的才能，还是让我请他过来。

我便打车去了诸位熟知的那家烟铺，在二楼各种书籍堆成山的四叠半的房间里和明智见了面。正巧，他几天来已经搜集了关于黑手帮的所有材料，正在进行他最擅长的推理呢！听他的口气，好像已经找到了什么头绪。所以我一说起伯父的请托，他立刻爽快地答应了，因为遇到这样的实际案例，乃是他求之不得的。我便趁热打铁，带他一起回了伯父家。

不多久，明智和我便在伯父家装潢讲究的客厅里与伯父见了面。伯母和伯父家的学仆牧田也在。这位牧田，是交赎金那天作为伯父的护卫一同去过现场的人，因此伯父叫他来介绍一些情况。

谈话间用人送上了红茶、点心等。明智只拿了一支进口的高级香烟，优雅地吸着。伯父不愧是实业界的老狐狸，身材高大，加上吃的美食过多，又运动不足，因此十分肥胖。即便是这样的场合，他也丝毫不失逼人的气势。伯父的两侧坐着伯母和牧田，这两个人都很瘦，尤其是牧田，比一般人还矮小，越发衬托出伯父的魁梧。寒暄之后，尽管我已经给明智简要介绍过事情的经过，明智还是希望再详细了解一下情况，伯父便介绍起来。

"事情发生在六天前，也就是十三日。那天中午，我的女儿富美子说要到朋友家去玩，换了衣服就出门了，直到晚上也没有回来。当时，我们已经听说了黑手帮的可怕传言，所以我的妻子担心起来，给女儿的那个朋友家打电话询问，对方回复女儿今天根本没有去过他家。这可把我们吓坏了。我们马上给女儿所有的朋友家打了电话，结果都回答她没有去过。我们又把学仆和熟悉的车夫召集来，让他们八方寻找，整个晚上我们所有人都没有睡觉。"

"对不起，我想问一下，当时有没有人看到小姐外出呢？"

明智这么一问，伯母替伯父回答：

"有的，女佣和学仆都说确实看到过。特别是女佣阿梅说，她清楚地记得看到小姐出门后的背影……"

"那以后便一概不清楚了，对吗？左邻右舍或来往的路人，也没有人看见过小姐吗？"

"是的，"伯父回答，"小女没有坐车，是走着去的，如果遇到熟人，应该有人看到的。可是如你所知，这里是僻静的宅邸街，即便是邻居，也很少能见到。我虽然挨家打听了，但没有一个人看见过小女。第二天午后，我犹豫着要不要去警察署报案时，就收到了我们担心的黑手帮的恐吓信。虽说不出所料，但还是大吃一惊。妻子完全慌了神，只知道哭。恐吓信已经交给警察了，不在我手里。信里要求带上赎金一万日元，于十五日午夜十一时送到T原的一棵松树下。送赎金者只限一人。如果报告警察，人质就会没命……收到赎金后的第二天，就会放回小姐。内容大概是这些。"

信里提到的T原，就是位于东京近郊的练兵场的T原。T原的东头是一小片灌木林，林子中央孤零零地立着一棵松树，故有一棵松之名。说是练兵场，其实那一带是个大白天都看不到人的偏僻地方，尤其是冬季，那里更僻静无人，是个适合秘密见面的地方。

"那封恐吓信，警察调查后有发现什么线索吗？"明智问道。

"据说没发现任何线索。信纸是很常见的日本白纸，信封也是茶色的单层信封，很便宜，没有做记号。刑警说，笔迹也没有丝毫特征。"

"警视厅拥有先进的查验设备，不会有错的。请问，邮戳是哪个邮局的呢？"

"没有邮戳。因为不是邮寄来的，是什么人投进门口信箱里的。"

"是谁从信箱里取信的呢？"

"是我。"学仆牧田声音亢奋地回答，"信件一向是由我取出一起交给太太的。在十三日午后，第一次收到的信件里夹着那封恐吓信。"

"关于是谁把它投进信箱里的问题……"伯父补充说，"我问过附近的交通警察，并多方调查，仍然搞不清楚。"

明智陷入了沉思，他好像要从这些没有意义的问答中寻找什么线索。

"那么，后来怎么样了？"不一会儿，明智抬起头来继续追问。

"我恨不得到警察署去报案，让他们去抓捕，但又一想，尽管是一封恐吓信，但害小女性命的事，他们也不是做不出来。这时，我的妻子也出来拦阻，我想没有什么比女儿的生命更宝贵的了，便放弃了报警，不情愿地决定交出一万日元赎金。

"恐吓信里的要求，方才已经说过，时间是十五日的半夜十一点，地点是T原的一棵松树下。我提前准备好百元面额的一万日元钞票，用白纸包好装在衣袋里。恐吓信中要求必须一个人去，但妻子特别不放心，劝我带上学仆，想来不至于妨碍到对方的目的，我便带着牧田去了那个偏僻冷清的地方，以防万一有什么不测。说来好笑，我活了这么大年纪，第一次买了一把手枪，让牧田拿着。"

伯父苦笑了一下，我想象着当天夜里那紧张兮兮的情景，禁不住想笑，好不容易才忍住。我仿佛看到了一幅好笑的画面：身材高大的伯父，带着矮小丑陋且有几分愚钝的牧田，在漆黑的夜里战战兢兢地向约定地点走去。

"我们在离T原四五百米的地方下了汽车。我打着手电筒照路，终于来到一棵松树下。虽说天黑，不用担心牧田被人发现，但他也尽量沿着树荫，与我保持十多米的距离，跟在后面。你知道那棵松树的周围是一片灌木林,不知道他们会藏在哪里,真是让人害怕。我拼命忍耐着,一动不动地站在那里,足足等了三十分钟吧。牧田,那段时间你在做什么?"

"我在离主人二十米左右的地方,趴在树丛里,手指扣在手枪的扳机上,眼睛盯着主人的手电筒的光。我觉得时间特别长,仿佛等了两三个小时。"

"那么,绑匪是从哪个方向来的?"

明智很有兴致地问着。他显得非常兴奋,从他用手搔起蓬乱头发的样子,我就看出来了。

"好像是从对面来的,也就是和我们来时的路相反的方向。"

"他是什么打扮?"

"没有看清楚。好像穿着一身黑衣服,从头到脚都是黑的,只有脸在黑暗中有些发白。当时我怕惹绑匪生气,就把手电筒关上了,所以看不清楚。不过,可以断定那贼人身材高大,我有五尺五寸[①]高,他好像比我还要高出两三寸。"

"他说了什么?"

"他没有说话。来到我面前后,他一只手拿枪对着我,另一只手伸到我眼前。我就默默地把一包钱交给了他。然后我想问他我女儿在哪里,刚要开口,那家伙就把食指竖在嘴前,发出一声低沉的

---

[①] 尺和寸是传统的度量单位,1尺约33厘米,1寸约3厘米。

'嘘'，我想这意思是不让我说话，便什么也没敢说。"

"后来怎么样了？"

"就是这些。那家伙用手枪指着我，向后倒退着，渐渐消失在黑暗的树林中。我吓得一动也不敢动，站在原地发呆，可老这样发呆也不是个事，就回头小声地叫牧田。牧田就从树丛里悄悄地走出来，战战兢兢地问我贼人走了没。"

"牧田，你藏身的地方能看见对方吗？"

"因为太黑，树木又茂密，我没有看见人，不过好像听到了那家伙的脚步声。"

"然后呢？"

"我就说咱们先回去吧，牧田说想查看一下绑匪的脚印，他说回头去警察局报案时，足印会成为很重要的线索。是这样吧，牧田？"

"是的。"

"你们找到脚印了吗？"

"说起来，"伯父脸上露出不解的神色，"我一直觉得不可思议，竟然没有发现对方的脚印。绝不是我们看错了，因为听说昨天刑警也去现场进行了勘查。可那地方很偏僻，后来也没有其他人路过，只清楚地看到了我们两个的脚印，除此之外，没发现任何人的足迹。"

"哦，这可有点意思。您能不能讲得再详细一点儿？"

"只有那棵松树那块地方裸露着土地，周围或堆积着落叶，或覆盖着野草，根本留不下脚印，所以那块土地上只留下了我的木屐印和牧田的鞋印。可是，按说绑匪要走到我站立的地方拿钱，必然会在土地上留下脚印的，却没有发现。从我站着的位置到长草的地方，最短的距离也足有四米远呢。"

"地面上有没有某种动物的脚印？"

明智又特意问了一句，伯父惊讶地反问：

"什么？动物的脚印？"

"比如说，马或是狗的脚印什么的？"

听着这番问答，我想起了很久以前，好像是在《斯特兰德杂志》[1]上看过的一篇破案故事。描述了一个男人通过把马的铁掌绑在脚上在作案现场来回走动，而成功地被排除了嫌疑。明智一定想到了这种可能性。

"哎呀，我没看那么仔细，牧田，你有没有印象？"

"我也记不清了，好像没有那样的脚印。"

明智又陷入了思考。

最初听伯父讲述这件事的时候，我就想过，这个案件的关键问题就是没有发现绑匪的脚印。这的确是很惊悚的事。

沉默持续了很久。

"不管怎么说，"伯父又开了口，"我以为这事就算解决了，

---

[1] 创刊于1891年的英国杂志。因连载福尔摩斯的侦探故事而广受欢迎。

便放心地回了家，相信女儿第二天就会平安回来。因为我听人说，越是大盗，就越信守承诺，即所谓'盗亦有道'。所以，我深信他们不会说话不算话，并不怎么担心。可是结果呢？今天已经是第四天了，女儿仍旧没有消息，岂有此理！我再也坐不住了，昨天向警察报了案。可是，警察要办的案件繁多，我也不能指望他们，幸好听家侄说和你是好友，真是太好了，特请你来帮帮我们……"

伯父说完后，明智又对每个细节提了些疑问，逐一加以确认，但这些细节在此不需要介绍了。

"不过，"明智最后问道，"最近，小姐有没有收到什么可疑的信件？"

伯母回答了这个问题。

"在我家，凡是寄给女儿的信件，一律先给我过目，所以如果有可疑信件，马上就会发现的。最近并没有发现特别……"

"极其普通的日常琐事也可以，凡是您注意到的问题，都可以告诉我，不要有什么顾虑。"

明智大概从伯母的口气里听出了什么，追问道。

"只是觉得和这次的事没有什么关系……"

"您还是说说吧。这些很平常的事情里，往往有着意想不到的线索。"

"好吧。大约从一个月前开始，有一个名字很陌生的人经常给小女寄来明信片。我曾问过女儿一次，给你寄明信片的是不是学生时代的朋友，女儿虽然回答'是的'，却好像有什么事瞒着我的样子。我也觉得奇怪，打算有机会再详细问问她，谁知就发生了这起案件。这类琐碎小事我几乎都忘记了，听你刚才这么说，我想起来一件事，女儿被绑架的前一天，也收到过那个人的奇怪的明信片。"

"能不能让我看看那张明信片？"

"可以。大概放在女儿的信匣里。"

然后，伯母找到那张奇怪的明信片，拿给我们看。上面的日期，正如伯母说的是十二日，寄信人是匿名的，落款是"弥生"。而且盖有市内某邮局的邮戳。信的内容，就是在故事开头抄录的那段文字。

我也拿着那张明信片琢磨了好久，不过是一般少女常写的一些无关紧要的词句，没什么特别之处。然而，不知明智怎么想的，居然煞有介事地说要暂时借用一下那张明信片。当然，这个要求没有被拒绝，伯父立即答应了。可我完全不明白明智是怎么想的。

就这样，明智的问话终于结束了，伯父迫不及待地问他有什么想法。于是，明智谨慎地回答：

"还没有，我只是先了解一下情况，还谈不到什么看法……总之，我先查查看，顺利的话，这两三天内就能把小姐平安地送回来。"

从伯父家出来后，我们肩并肩往回走。当时，我想方设法地打探明智的想法，他说，眼下只摸到了一点儿头绪，关于是什么头绪，他一点儿也没透露。

第二天，我吃过早饭，就马上去找明智。因为我等不及想要知道，他会用什么方式来侦破这个案件。

我想象着埋在书堆中冥思苦想的明智，来到他租房的烟铺，因我常来找他，就只跟老板娘打了个招呼就要往二楼跑，却被老板娘叫住了。

"哟，他今天不在呀！一大早就出去了。真是少见呢！"

我吃惊地问他到什么地方去了，老板娘说，他什么也没说就出去了。

看来他已经开始查案了，不过，一向爱睡懒觉的明智，这么早就出去办事还真是稀罕。这样一想，我暂且回到公寓，可还是坐立不安，不一会儿又去找明智，去了好几趟，明智都没有回来。一直等到第二天中午，还是没见到他的人影，我开始有些担心了。烟铺的老板娘也非常担心，去明智的屋子里查看他留下字条没有，可什么也没有找到。

我觉得还是应该告诉伯父一声，便赶到伯父家。伯父伯母仍旧在佛祖前面念经呢。我把情况一说，伯父伯母大惊失色。伯父说："莫不是连明智也被黑手帮绑走了吧？是我让你请他来帮忙破案的，所以我们也有很大的责任。若是真的发生了那样的事，我们无颜面对明智的父母啊！"众人都惊慌失措，乱成一团。我虽然相信以明智的智慧绝不会出什么岔子，可周围人这般恐慌，我也不由得忧虑起来。在焦虑不安中，时间一分一秒地过去了。

当天下午，我们聚在伯父的客厅里议论纷纷，这时来了一封电报：

现在和富美子一起出发。

这电报，竟然是明智从千叶县发来的，我们都情不自禁地发出了欢呼。明智平安无事，女儿也将平安归来。垂头丧气的一家人瞬间有了生气，就像要迎接新娘子一样热闹。

明智满脸笑容地出现在焦急等待的我们面前时，已是日暮时分了。有几分消瘦的富美子跟在他身后。伯母考虑到富美子身心疲惫，让她暂且回卧室躺下休息。为了庆祝小姐归来，事先准备好的酒菜送到了我们面前。伯父伯母亲热地拉着明智请他在上座坐下，一遍又一遍地表达着感谢之意。这也难怪，此事确实非同小可，对方可是长期以来举全国警察之力也未能解决的黑手帮啊！纵然明智是名侦探，但能如此轻松地把姑娘带回来，是谁也没有想到的。明智可是靠自己一人之力，把如此大案顺利地侦破了啊！伯父伯母就像欢迎凯旋的将军一样盛情款待他，也是理所应当的。他是一位多么令人惊叹的人啊！他这次成功破案，就连我也彻底服了他。大家都围拢过来，想听听这位大侦探的冒险故事，也非常好奇黑手帮到底是些什么人。

"非常抱歉，我现在什么都不能讲。"明智显得有些为难。

"就算我再莽撞，也不可能独自一人抓住那家伙的。我经过慎重考虑，想了个把小姐非常稳妥地救回来的办法，也就是让对方自己将小姐完璧归赵。于是，我和黑手帮之间达成了一个约定，即黑手帮方面送回您家小姐，并退还一万日元赎金，还要保证将来也绝不会对贵府下手；我这边则保证，有关黑手帮的事一概不说出去，并且保证将来也绝不协助警方逮捕黑手帮。我认为，只要府上受到的损失能够得到补偿，我的任务就算完成了，所以我想见好就收，以免鸡飞蛋打，得不偿失，便答应了他们的要求。总之，请你们也不要向小姐询问关于黑手帮的任何情况……这个是那一万日元赎金，请您查收。"

说着，他将白纸包着的一万日元交给了伯父。看来，梦寐以求的侦探故事听不成了。但是我并没有失望。他对伯父伯母或许不能说，可是，不管怎么遵守约定，对于我这个好朋友，应该会如实相告的。这样一想，我便急切地盼望酒宴快点结束。

对伯父伯母来说，只要自己一家平安，绑匪是否被逮捕，并不怎么关心。因此，为了表达对明智的谢意，他们不断地给他敬酒，不能喝酒的明智很快就喝得满脸通红，平日就笑眯眯的脸上绽放着笑容。大家谈笑风生，客厅里洋溢着开怀的笑声。人们在宴席上都说了些什么，没有必要写在这里，只有下面这段对话，或许能引起各位读者的兴趣。

"你就是我女儿的大恩人。我在这里发誓，将来你有什么需要我的地方，无论多么难办的事，我都会尽我所能的，怎么样？你有什么事需要我帮忙吗？"

伯父一边向明智敬酒，一边笑容满面地说。

"多谢您了！"明智回答，"还真有件事想拜托呢。我有个朋友，非常喜欢令千金，不知能否请求您把令千金嫁给我那个朋友？"

"哈哈哈……可真有你的啊。不过,只要你能够保证你那个朋友的人品,把女儿嫁给他,也不是不可以。"伯父一脸认真地说。

"我的朋友是基督徒,这点您能接受吗?"

明智这些话作为席间笑谈似乎有些严肃,虔诚信仰日莲宗的伯父略显不快。

"好的。我虽然很讨厌基督教,可既然是你提出的希望,让我考虑一下。"

"那就先谢谢了!回头一定有人上门来求婚。请您不要忘记刚才说过的话。"

这段对话,给人感觉莫名其妙。把它当成玩笑自然可以,当认真的也未尝不可。我忽然想起了巴里摩尔扮演的夏洛克·福尔摩斯,想起他与某起案件中认识的姑娘坠入情网,最终结了婚的故事情节,忍不住偷笑起来。

伯父虽一再热情挽留,但已经打扰很长时间了,我们便起身告辞。伯父把明智送到大门口,不管明智怎么推让,非要把装有两千日元的纸包塞进明智的口袋里,说是一点儿心意。

## （下）隐藏的事实

"老兄，即便你和黑手帮有约定，只告诉我总可以吧！"

一走出伯父家的大门，我就急不可待地说道。

"嗯，当然可以了。"他竟然很痛快地同意了，"那就一起去喝杯咖啡，边喝边聊吧！"

于是，我们进了一家咖啡店，选了最里边的安静位子坐了下来。

"这次探案的出发点，是现场没有脚印这一点。"明智点了咖啡后，讲起了自己的探案始末。

"这种情况至少可以推测出六种可能性。第一种是，你伯父和警察没有发现绑匪留下的足迹，因为绑匪有可能使用野兽或鸟类的足迹欺骗我们的眼睛；第二种或许有些异想天开，绑匪是通过吊在什么东西上或走钢丝的方式，即采用某种不留下足迹的办法来到现场的；第三种可能是，你伯父或牧田把绑匪的足迹覆盖了；第四种可能是，绑匪的鞋很偶然地与你伯父或牧田的鞋一样。这四种可能，只要通过仔细勘查现场，便可以搞清楚。第五种是绑匪并没有来到现场，而是你伯父出于什么需求,自导自演了这场独角戏;第六种可能是,牧田和绑匪是同一个人。

"我感到很有必要去现场察看一番,第二天一早便立刻到T原去了。如果在那里没有发现前四种情况的足迹,那么,就只剩下第五种和第六种可能了,这样就能大大缩小侦查的范围。可是,我在现场发现了一个新的情况,可见警方的侦查有着严重的疏忽。因为土地上有好多被某种尖硬之物戳过的痕迹,而且这些痕迹都隐藏在你伯父他们的脚印(不过大部分是牧田的脚印)之下,所以不仔细看是发现不了的。看到这种印迹,我脑海里浮想联翩,忽然想起了一件事。这就叫灵感吧,简直是奇思妙想啊!我突然想到的是瘦小的学仆牧田,却缠着和身体极不相称的宽幅薄呢腰带,还打着个大结,从后面看,感觉有点滑稽。你还记得吧?这事很偶然地给我留下了印象,此时此刻让我豁然开朗,谜团便迎刃而解了。"

明智说到这儿喝了一口咖啡,然后用让人着急的眼神看着我。遗憾的是,我不具备像他那样的推理能力。

"快说呀,结论是什么?"我恼羞成怒地叫道。

"是这样,刚才说的六种可能中的第三种和第六种是正确的。换句话说,学仆牧田和绑匪是同一个人。"

"你说是牧田?"我不禁叫起来,"你的结论不合理。那样一个愚笨、老实的人……"

"这样吧,"明智沉稳地说,"你把自己觉得不合理的地方具体说一说,我来回答。"

"多得数不清。"我思考片刻后说。

"首先,伯父说过,那个人比高大的自己还要高两三寸。那就应该有五尺七八寸高了。可牧田是个小矮个儿,不是正相反吗?"

"正是因为个子相差太多了,才有必要怀疑呀!一个是日本人中少有的高大男人,一个是近乎畸形的矮小男人。这是非常明显的对比。只可惜太过明显了。如果牧田使用的是稍短的高跷,我反而会被他迷惑也未可知。哈哈哈哈,你明白了吧!他事先把弄好的高跷藏在现场附近,到时候再把它绑在两只脚上走路。由于是在黑夜里,而且离你伯父有二十米左右,无论他干什么,你伯父都看不清的。收取赎金之后,为了消除高跷的痕迹,他才借口查看绑匪的足迹,在那块地上走来走去。"

"这等哄骗小孩子的把戏,伯父为什么没看破呢?首先,那家伙穿的是黑衣,而牧田平时不是总穿着白色土布衣吗?"

"问题就出在那条薄呢腰带上。真是聪明啊!用那种宽幅的黑布料从头到脚严严实实地一裹,牧田这个小矮个儿就轻而易举地被遮住,完全看不出来了。"

由于事情过于简单,我感觉像被他捉弄了似的。

"那么,你的意思是说,那个牧田是黑手帮的爪牙吗?这怎么可能,黑手帮……"

"唉,你怎么还在想黑手帮呢?这可不像你啊,今天你的脑子好像有点儿迟钝呀！这说明无论你伯父也好，警察也罢，就连你都患上了黑手帮恐惧症。也难怪，眼下那黑手帮太过嚣张，可以理解。可是如果你能够像平日那样冷静，根本用不着等我出手，你自己也能够侦破这起案件，因为这件事和黑手帮没有一点儿关系。"

他说得不错，我的头脑的确不正常。对明智的解说，我越听越糊涂了。无数的问号在我的脑袋里成了一团乱麻，我完全不知该从哪里问起。

"方才你说什么和黑手帮有约定，你怎么会说出这么不着边际的话呢？我最不明白的是，如果是牧田干的，你为什么不戳穿他，而让他逍遥法外呢？其次，像牧田那样的人，根本没有绑架富美子，并把她藏匿几天的本事。而且富美子离开家那天，他不是整天都在我伯父家中，一步也没有外出吗？像牧田这样愚笨的人，怎么可能做出这等大手笔来呢？还有……"

"你的问题还真多啊，不过，你如果能破解明信片上的暗语，或者能看出明信片上的内容包含暗语，就能理解了。"

明智这样说着，拿出了那天跟伯父借来的那张落款是"弥生"的明信片。（烦劳各位读者再回去看一下开头那段文字。）

"如果没有这段暗语文字，我也不会对牧田产生怀疑。因此，可以说这次破案的切入点就是这张明信片。但是，我并非一开始就清楚地知道这是暗语文字，只是有些怀疑。之所以怀疑，是因为这张明信片恰好是富美子失踪前一天寄来的。此外，字迹虽说模仿得很逼真,但仍然像是男人的字体。还有就是,当你伯母问富美子明信片的事时,她露出有些异样的表情等。最重要的是,你看看这张明信片,就像书写在稿纸上似的,每竖排都工整地写了十八个字。不过,我们在这里画上一条横线看看。"

他说着拿出铅笔,画出一条横线。

"这样就一目了然了。你顺着这条线看,是不是每行都有一半左右的假名①?但有一个例外,就是最上面这条线,即每竖排的第一个字都是汉字。

一 好 割 此 外 叮 袋 自 叱 歌 切

"是这样吧?"他用铅笔一个个指着,"这个若说成巧合,就很奇怪了。如果是男人写的文章另说,在整体上假名多于汉字的女性文章中,不会像这样每行第一个字全是汉字。因此,我认为很有研究的必要。那天晚上回来之后,我绞尽脑汁思考了这个问题。幸而我以前对暗语做过一些研究,所以最终还是破解了。现在我给你说说。先将这排汉字拿出来进行分析。表面上看像是占卦,看不出什么意思。我想,会不会和什么汉诗或佛经有关联,于是查阅相关资料,发现不是。在苦苦查找的过程中,我突然注意到,整篇文章里只有两个字被

---

① 假名:日语里的表音文字。这里可简单理解为汉字以外的文字。——编者注

涂掉了。在书写得如此干净规整的文章中，竟有被涂抹的字，的确有些怪异，而且这两个字都是第二个字。根据我的经验，用日语写暗语时，最难处理的是浊音和半浊音。那么，被涂掉的文字会不会是为了暗示其上一行那个汉字的浊音呢？经下面验证果真是这样，这些汉字应该分别代表一个假名。到此为止还比较容易，接下来可就费脑筋了，算了，就不谈我吃了多少苦了，先说结论吧！归根结底，这些汉字的笔画即是解开谜题的钥匙，而且汉字的左右两边要分别计算。例如，'好'字的左边是三画，右边也是三画，便是三和三的组合。将明信片的那行汉字变成数字列成表就是这样。这中间有个通假字，'叮嚀'这个词常用写法是'丁宁'，但常用写法在这里没法起到暗号的作用，所以特意写成了通假字。"

他拿出笔记本写下如下表的内容：

|  | 一 | 好 | 割 | 此 | 外 | 叮 | 袋 | 自 | 叱 | 歌 | 切 |
|---|---|---|---|---|---|---|---|---|---|---|---|
| 左边笔画数 | 1 | 3 | 10 | 4 | 3 | 3 | 11 | 6 | 3 | 10 | 2 |
| 右边笔画数 |  | 3 | 2 | 2 | 2 | 2 |  |  | 2 | 4 | 2 |

"看一下这个数字表，左边的笔画数最大是十一，而右边的最大笔画数是四，这不是很符合某些数的排列规律吗？比如说，这是不

是暗示将五十音①按照某种规律排列起来的顺序？把五十音常规排列恰好是十一行，这也许是巧合，但不妨试一试。假设左边的笔画数暗示横排（子音）的行数，右边的笔画数暗示竖排（母音）的列数，那么，'一'只有一画，没有右边笔画数，所以算是第一排的第一个字母，即ア。'好'的左边是三画，所以是第三行，右边是三画，所以是第三列，即ス。以此类推，全部译成假名便是：

アスキチジシンバシヱキ

ヰ和ヱ也是通假字。这果然是密码，翻译过来就是'明日一点新桥站'。此人在密码方面真是个行家。那么，使用密码通知年轻的姑娘见面的时间和地点，而且看字迹很像男人的笔迹，由此判断，只能是男女约会的通知了，没有其他可能。如此一来，这起事件就不像是黑手帮干的了。至少在追查黑手帮之前，理应先调查一下寄出这张明信片的人。可是，这个寄信人只有富美子小姐才知道，这就有点麻烦了。但是，我把这件事和牧田的行为联系起来一想，这个谜团便一下子解开了。因为富美子小姐是一个人从家里出走的，按常理，她会给父母寄来道歉信（或是遗书）。将这一点和牧田负责收发信件的事联系起来看，就会发现有趣的故事。总之情况是这样的：牧田不知何

---

① 五十音：又叫五十音图。指日语的假名排列形成的表，通常简称五十音。一般按照五列十一行排列。

时发现了富美子在谈恋爱,有生理缺陷的人会比一般人更敏感,他就把富美子寄来的信悄悄撕掉,然后把自己写的黑手帮的恐吓信送到你伯父家。这一点和恐吓信不是从邮局寄来的也很吻合。"

明智说到这里,停顿了片刻。

"太让人吃惊了。可是……"我还想提出一些疑问。

"等一下。"他阻止了我,继续往下说,"我察看了现场后,直接来到你伯父家门前蹲守牧田。等到他被派出来办事的时候,我把他骗到这家咖啡店,坐的就是咱们现在坐的这张桌子。和你一样,我一直以为他是个老实厚道的人,所以认定这个事件中潜藏着什么更深的秘密。于是,我发誓为他保密,说不定还能为他提供帮助,让他消除戒心,最后终于让他坦白了整个作案经过。

"你认识服部时雄这个人吧?因为是基督徒,所以他向富美子求婚遭到了你伯父的拒绝,甚至被禁止进入你伯父家。就是那个可怜的服部。做父母的有时候也是糊涂,就连你伯父也没发觉富美子和服部早就陷入了热恋。要说富美子小姐也不应该那么绝情,她是父母的掌上明珠,何必非要离家出走呢?即便你伯父对宗教有偏见,但如果木已成舟,他应该不会强行拆散他们,这就显得她见识短浅了。也许她妄图通过突然出走,迫使你顽固的伯父同意这桩婚事吧。总之,两个人手牵着手,偷偷地跑到服部的一位农村朋友家,自己逍遥去了。当然他们从那边寄出过好几封信,但这些信都被牧田那家伙毁掉了。我为此专程去了趟千叶县,这对男女对家中发生的'黑手帮事件'竟然一无所知，一心陶醉在甜蜜的温柔乡里。我好说歹说地劝了他们一个通宵，这可真是费力不讨好的差事啊！最后，我以一定想办法让他们二人在一起为条件，才好不容易让他们暂时分开，把富美子带了回来。今天听你伯父的口气，这个条件看来好像也能够办到。

"现在再说说牧田的事，这里也牵涉了女人。他可怜巴巴地直掉眼泪。别看那样的男人，也有喜欢的女人呢。不知道对方是什么样的人，多半是被卖笑的或什么人勾了魂儿吧。总之，为了得到那个女人，他需要一大笔钱。他说，本打算在富美子回来之前就逃走的。我深深感受到了爱情的魔力，那愚蠢的男人想出如此巧妙的伎俩，全靠爱情的力量啊……"

我听了，不由得松了口气，这可真是发人深省啊！也许明智说得太多，累了，懒洋洋的。我们相对坐着长时间地沉默着。

最后，明智突然站起来说：

"咖啡已经凉了，咱们回去吧！"

我们就此分别回家。临走时，明智突然想起了什么似的，拿出刚刚伯父塞给他的两千元纸包交给我，说：

"这笔钱，你顺手带给牧田吧。就说给他结婚用。他是一个可怜的人啊！"

我一口答应下来。

"人生很有意思啊！我今天竟然做了两对有情人的月老。"

明智说完，十分愉快地笑了。

# 天花板上的散步者

江户川乱步名侦探篇

# 一

这算是一种精神疾病吧,乡田三郎觉得在这个世上,不论玩什么游戏,或者从事什么职业都毫无意趣,做任何事情都无聊至极。

从学校毕业后——其实一年也去不了几天学校——他接二连三地尝试过多种自以为干得了的工作,却没有遇到一个让他甘愿奉献一生的职业,或许这世上根本不存在能让他感到充实的职业。他不断地跳槽,长则一年,短则一个月,最后,他终于对找工作失去了信心。眼下他已不再找工作,每天都无所事事地混日子。

在玩乐方面也是如此。从纸牌、台球、网球、游泳、登山、围棋、日本象棋乃至各种名目的赌博他全都玩过,种类繁多得这里都写不完。他甚至买来娱乐百科全书之类的书籍,按图索骥,一个不落地玩了个遍,然而和找工作一样,没有一种玩乐能引起他的兴趣,结果一次又一次地失望。不过,你可能会说,这世上不是有"女人"和"酒"这两样让人一辈子都不会厌倦的绝顶快乐的东西吗?不可思议的是,我们这位乡田三郎,对这两样也丝毫不感兴趣。他滴酒不沾,也许是不能喝酒的体质吧。至于女人，当然并非没有欲望，也没少去寻欢作乐，但仍旧无法让他从中感受到生命的意义。

"活在这个了无生趣的世上，还不如死了好。"

他常常冒出这样的念头。不过，即便是像他这样万念俱灰的人，似乎也具有留恋生命的本能，所以二十五岁之前，尽管他总是把"真想死，真想死"挂在嘴上，还是好歹活到了现在。

他每月能收到父母的少量汇款，所以即使不工作，生活也不成问题。也许是这种安全感，使他变成了这样没有定性的人。为了用这些钱使自己过得快活些，他绞尽了脑汁。例如，像更换工作和玩乐那样频繁地搬家，即是他的乐趣之一。夸张点说，东京的租房户，没有他没住过的。在一个地方住上一个月半个月的，就马上搬到另一家去。当然在这期间，他有时也像个放浪不羁的人那样到处旅行，或者学着遁世半仙那样隐居深山。但是，在都市住惯了的他，毕竟无法长久忍受寂寞的乡下生活，所以刚出门旅行没几天，他就仿佛不自觉地被都市的璀璨灯光和喧嚣吸引过来一般，又回到东京来了。当然了，每次回来后都会搬家。

这次他搬去的是名叫东荣馆的新建的房子，连墙壁都没有干透呢。然而，在这个新家里，他发现了一个极好玩的乐子。这篇故事讲的就是与他这个新发现密切相关的杀人事件。但是在讲述这个故事之前，我必须先交代一件事，就是主人公乡田三郎，是如何同业余侦探明智小五郎——这个名字你大概也有所耳闻——成了朋友，并对从未注意过的"犯罪"产生兴趣的。

他们二人是在某咖啡厅偶然认识的。当时和乡田一起去喝咖啡的朋友认识明智，就介绍他俩认识了。当时，乡田被明智聪慧的气质、睿智的谈吐和独特的穿着深深吸引了。后来，乡田隔三岔五地去拜访明智，明智偶尔也会到三郎的住处做客，一来二去两人就成了朋友。明智说不定是对三郎的病态性格产生了兴趣（想将它作为一种研究材料吧），而三郎则是喜欢听明智讲花样翻新的犯罪故事。

譬如把同事杀害后，将尸体塞进实验室的炉子里烧成灰的韦伯斯特博士[1]的故事；还有通晓多国语言，在语言学方面贡献卓著的尤金·阿拉姆[2]的杀人事件；有身为优秀文艺评论家同时有"保险金恶魔"之称的温赖特[3]的故事；有为了给养父[4]治麻风病，用小孩臀部的肉煎药的野口男三郎的故事；有娶了众多女人为妻，再把她们一个个杀死的所谓蓝胡子兰德鲁、阿姆斯特朗等人的残忍犯罪故事……这些血腥的杀人案件，不知给穷极无聊的乡田三郎带来多大的享受啊！听着明智口若悬河的讲述，三郎觉得，这些犯罪故事宛如色彩绚烂的画卷，以深不见底的魅力，生动地呈现在自己眼前。

认识明智后的两三个月里，三郎仿佛忘却了人间的乏味无趣。

---

[1] 约翰·怀特·韦伯斯特（1793—1850）：美国著名罪犯、大学教授。1842年杀害了同事乔治·帕克曼，最终被判绞刑。他在临死前才认罪，承认杀害帕克曼后将他的尸体烧毁。
[2] 尤金·阿拉姆（1704—1759）：英国语言学家，他在杀死好友14年后被逮捕处死。
[3] 格里菲斯·温赖特（1794—1847）：英国作家、艺术家，也是诈骗犯和投毒犯。
[4] 原文为养父，现在资料显示是妻子的哥哥。

他买来各种描写犯罪的书籍，每天都沉迷其中。这些书籍中掺杂着爱伦·坡、霍夫曼或加博里欧等人的各色侦探小说。每当看完书，合上最后一页时，三郎都会叹口气，心想"啊，没想到这世上还有这样有意思的事"。他甚至大胆地幻想起来，如果有机会，自己也要像那些探案故事里的主角那样，搞出个引人注目的轰动玩法来炫耀一番。

即便是三郎，也不愿意做出触犯法律的事。他不具备不顾及父母、兄弟、亲戚和朋友的悲欢或侮辱，只沉溺于自己乐趣的勇气。看那些书上说，无论多么缜密的犯罪，必然会留下破绽，这些破绽会成为破案的线索，除了极少数例外情况，罪犯终生都无法逃脱警察的追踪。三郎所担心的只是这一点。他的不幸在于他对世上的其他一切事情都没有兴趣，唯独对犯罪特别着迷。更不幸的是，因为怕被人发现，他不敢真的去犯罪。

因此，他把买来的书籍全部看完之后，开始模仿犯罪。由于是模仿，自然无须担心受到任何惩罚。例如下面这些事。

他对已经无比厌倦的浅草重新产生了兴趣。犹如把玩具箱倾倒在地上，然后将五颜六色的颜料泼在所有玩具上一般，浅草游乐园对于嗜好犯罪的人来说，是个求之不得的舞台。三郎经常光顾这里，他在影院和影院之间只能通过一个人的狭窄而昏暗的胡同里，或是公共厕所后面的一块空地上——浅草竟然有这样一块开阔地——流连忘返。

他还用白粉笔在墙上四处画箭头，假装是某罪犯与同伙进行联络的暗号；他看到有钱人走过，就装成小偷，执拗地跟踪人家不放；他有时把写有奇怪暗语的纸条——他总是在纸条上面写一些恐怖的杀人事件——塞进公园长椅的木板缝隙中，然后躲在树后，看谁会发现纸条……他自得其乐地玩着诸如此类的各种"犯罪游戏"。

三郎还经常改变装束，漫无目的地从一条街漫步到另一条街。他有时扮成工人，有时扮成乞丐，有时扮成学生，在这些扮相中，男扮女装最能满足他的病态嗜好。为此，他还把自己的和服和手表卖了，搜罗各种昂贵的假发和女人的旧衣服。他会花很长时间把自己打扮成自己喜好的女装扮相，然后披上有帽子的斗篷，三更半夜走出公寓，走到合适的地方便脱掉外套，以妖娆的女子之姿在寂静无人的公园中游荡，或是钻进快要散场的电影院，故意坐在男子席[1]里，甚至发展到跟那些男人打情骂俏。三郎因异装癖好造成了心理错乱，恍惚觉得自己变成了妲己阿百，或是蛇精阿由那样的毒妇，只要一想到随心所欲捉弄各种男人的情景，他就特别快活。

虽说这种模仿犯罪某种程度上满足了三郎的欲望，也引起过让人啼笑皆非的事端，让他从中收获了极大的乐趣，可是，模仿终归是模仿，毕竟没有危险，而从某种角度来看，犯罪的魅力就在于有危险——这种缺乏刺激的方式不能让三郎一直乐在其中。约三个多月后，三郎就对该玩法渐渐失去了兴趣。而且与那般吸引他的明智的交往也慢慢地减少了。

---

[1] 大正时期，电影院里的座位是男女分开的。——原文注

## 二

通过上面的铺垫，想必各位读者对乡田三郎和明智小五郎的交往，以及三郎的犯罪癖好等有所了解了吧。那么下面就言归正传，说说乡田三郎在东荣馆这栋新盖的公寓里，发现了什么新乐趣。

东荣馆刚一建成，三郎就迫不及待地第一个搬了进来。此时他和明智已经交往一年多了。也就是说，他对模仿犯罪早已失去了兴趣，可是又没有找到可以替代的玩乐，每天都为打发漫长无趣的时间而发愁。虽说刚刚搬进东荣馆时他也结交了一些新朋友，算是消遣了一些时间，不过，人类这种生物实在是无聊透顶，不管到哪儿去，大家都是以同样的表情，用同样的词语，一遍又一遍地表达着同样的看法，与他人相互应酬。即使换了新公寓，接触到了新的面孔，可还不到一周的时间，他又像以往那样陷入了无尽的倦怠之中。

就这样，搬到东荣馆过了十天左右，一天，实在无聊的三郎突然发现了一件好玩的事。

他房间里——房间在二楼——寒酸的壁龛旁边有一个壁橱，壁橱中间被一块结实的木板隔成上下两层。三郎原本在下层放了几件行李，上层放着被褥。一日，他突发奇想，倘若睡觉时不把被褥取出来铺在榻榻米上，而是将壁橱里的隔板当床铺，困了就爬到厚厚的被褥上去睡觉如何？换成以前的公寓，即使壁橱中有相同的隔层，其四壁也会污秽不堪，或是顶上挂满蜘蛛网，他根本不想睡到里面。而这里的壁橱，因为房子是新盖的，里面非常干净，不但天花板很白，就连涂成黄色的光滑壁板上也没有一点儿污痕。而且，壁橱整体很像轮船上的卧铺，令人不由得想去那里面睡一觉。

于是，当天晚上，三郎就开始在壁橱中睡觉了。在这栋公寓里，每个房间都可以从里面锁上门，女佣也不会随便进入房间，三郎可以放心地继续这一异常嗜好。他在壁橱里面睡了一晚上后，感觉比预想的还要好，就在隔板上铺了四床褥子，躺在那软绵绵的褥子上，望着离眼睛只有两尺的天花板，有种奇特的感觉。他"啪"一声拉上壁橱门，望着从缝隙中泄漏进来的一丝灯光，觉得自己俨然成了侦探小说中的人物，愉快极了。然后，他把壁橱门拉开一条缝隙，怀着小偷窥探别人房间那样的心情，环顾自己的房间，同时想象种种令他十分兴奋的场景，觉得快乐无比。有时他大白天也钻进壁橱里，在长六尺、宽三尺的箱子似的长方形空间里，悠闲地抽着自己最喜欢的卷烟，陶醉在漫无边际的白日梦中。每当此时，从关紧的拉门缝隙中会冒出大量白烟，就像壁橱中发生了火灾似的。

可是，这种古怪行为只持续了两三天，三郎又发现了另外一件稀奇之事。向来没有定性的三郎，到了第三天，就对壁橱里的床铺失去了兴趣。他百无聊赖地在壁板和躺着就能摸到的顶板上乱画时，突然发现脑袋正上方的一块天花板好像颤悠悠的，大概忘了钉钉子吧。三郎很好奇，用手轻轻往上一推，居然能掀起来，奇怪的是，虽没有一颗钉子固定，但一松开手，木板便像弹簧似的恢复了原状，就好像有什么人从上面压着似的。

怎么回事，难道说有什么动物躲在这天花板上？会不会是一条大黄颔蛇什么的？三郎想到这儿，顿时感到毛骨悚然。可是立刻逃出去他也不甘心，于是又用手试着推了一下，发现不但很重，而且每次推那块板子时，上面都会发出哐啷哐啷的沉重声音。三郎越发好奇了，干脆用力把这块顶板掀开了。刚一掀开，就从上面骨碌碌地滚下一个东西来。他吓得赶紧往旁边一闪，要不是反应快，他肯定会被这东西砸成重伤的。

"原来是这玩意儿，没劲。"要是什么稀奇古怪的东西就好了，三郎心里这样期待，可掉下来的东西让他大失所望，原来是个比压腌菜的石头还小的石头。仔细想想，这也没什么好奇怪的。这块活动板子，肯定是电工为了进入天花板里干活特意留出的通道，为了防止老鼠等进入壁橱，电工干完活之后，就把这块石头压在了上面。

这可真是一出意料之外的喜剧。乡田三郎以此为契机，又发现了一个更刺激的游戏。

三郎久久凝视着头顶上敞着的山洞似的天花板洞口，出于与生俱来的好奇心，他很想看看天花板里面是什么样的，便壮着胆子把头伸进那个洞里，向四周张望。那时正是早晨，太阳已照到了屋顶上，从屋顶四面的缝隙中射进了许多细长的光线，犹如无数大大小小的探照灯照进了空洞洞的天花板，那里面比想象的要明亮得多。

首先映入他眼帘的是纵向架在里面的一根又长又粗、弯曲如蟒蛇的房梁。虽然天花板里面比想象的要明亮，但毕竟是天花板里，远处看不清楚，再加上这座房屋是狭长的建筑，房梁自然也很长，朦朦胧胧的一眼看不到尽头。他又看到与那房梁呈直角的、似蟒蛇肋骨的橡木伸向两边，一根根地顺着天花板的斜面伸出来。仅此框架，便足以构成一幅宏大的景观，再加上为了支撑天花板，在橡木上垂直固定了许多细木头，让人不由得联想到溶洞里的景观。

"真是太漂亮了！"

三郎环顾了天花板一圈后，情不自禁地赞叹道。对于精神上有些病态的三郎来说，一般人觉得有趣的事吸引不了他，而常人觉得无聊的事物反而对他有着无穷的吸引力。

从那天起，三郎就开始了"天花板上的散步"。不分白天黑夜，但凡有时间，他就像馋嘴的猫儿一样，蹑手蹑脚地在那些房梁和橡子上面钻来钻去。所幸这是刚盖好不久的房子，既没有蜘蛛网，也没有积存煤灰或灰尘，甚至没有老鼠光顾过的污秽，因此，不必担心衣服和手脚会被弄脏。三郎只穿着一件衬衫，随心所欲地在天花板上游走。当时正值春季，即便在天花板上也不觉得冷或是热。

三

东荣馆的结构跟其他公寓差不多，正中央是庭园，围绕着庭园，四周房间呈回字形排列。因此，天花板也是回字形，并相互连通。就是说，他从自己房间的天花板出发，转上一圈，又回到了自己房间的上方。

天花板下面的各间房间都是由厚实的墙壁相隔，房门还安有金属锁。不过，一旦上到天花板，往下一看，所有房间就成了毫不设防的开放空间，他想看谁的房间，就可以到谁的房间上面去，来去自由。而且，只要想找，就能看到同三郎房间一样的用石头压住的地方，所以，他甚至可以从那里进入他人房间偷东西。如果是经过走廊去行窃，上面也说过，这是一座回字形结构的建筑，因此各个方向都暴露在他人视线内，说不定什么时候，就会有其他房客或女佣经过，非常危险。但是走天花板上是绝对安全的。

除此之外，在天花板上还可以随心所欲地偷窥他人的隐私。虽说这是新房子，可是由于公寓盖得简陋，天花板木板间的缝隙随处可见，在房间里察觉不到，一旦走上昏暗的天花板，就会惊讶于缝隙如此之宽，偶尔还能见到孔洞。

自从发现了天花板这个无与伦比的舞台后，不知何时已被忘却的犯罪癖好又一股脑儿地涌上了乡田三郎的心头。在这个舞台上玩"犯罪游戏"的话，肯定比曾经玩过的要刺激得多，想到这儿，他简直喜出望外。自己身边竟有如此有趣的地方，怎么一直没发现呢？能够像妖怪一样在昏暗的世界里徜徉，一个接一个地偷窥东荣馆二楼上的近二十名房客的隐私，仅此一点就足以让三郎无比快活了，甚至使他重新燃起了对生活的热情。

三郎为了使"天花板上的散步"变得更加妙趣横生，没有忘记首先要把自己装扮成书中描写的罪犯的模样。他上身穿着深褐色紧身棉毛衫，下面是相同质地的裤子——可能的话，三郎本打算像以前在电影里看过的女贼普洛提亚那样穿一身黑衣，不巧现在没有，只好凑合一下——穿上袜子，戴上手套（虽说天花板上全是粗糙的木材，几乎不需要担心留下指纹），手里握着手电筒（即使想拿手枪，也找不到，只好以此代替）。

夜里和白天不同，射进天花板里的光线很微弱，在这伸手不见五指的地方，三郎一边小心翼翼地不弄出声音，一边慢悠悠地在房梁上爬行。他觉得自己仿佛变成了一条蛇，正缠绕着粗树干爬行，莫名地变得令人恐惧。不知是何缘故，这感觉让三郎狂喜得浑身直抖。

就这样，三郎得意扬扬地连续进行了好几天"天花板上的散步"。在此期间，发生了许多让三郎意想不到的趣事，把这些事记录下来都足够写出一篇小说了，不过这些趣事同本故事没有直接关系，只好割舍不提，只简单地举两三个例子。

从天花板偷窥房客的隐私多么有趣，没有亲身体验过的人恐怕想象不出来。即使下面没有发生什么新鲜事，单是偷窥那些以为只有自己一个人而本性毕露的人就颇为有趣。三郎发现，某些人在与人共处和自己独处时，不但举止不同，就连表情都不一样，这令他万分吃惊。而且，与平时从旁边看别人的角度不同，现在从正上方俯视，因视角造成的差异，平凡无奇的房间也出现了奇异的景观。在天花板只能看到人的头顶和双肩，以及书箱、桌子、柜子、火盆等，而且只能看到其朝上的一面，几乎看不到墙壁，代之以榻榻米衬托着所有的物品。

即便房间里的人没做什么事，他都会兴奋不已，更何况房间里常常会展现一幕幕或滑稽或悲惨或可怕的图景。比如平日常常发表批判资本主义的过激言论的公司职员，在别人看不到的地方，不厌其烦地从公文包里拿出刚刚接到的涨薪令，看了又看，脸上露出喜不自禁的表情；有个捐客白天将华贵的丝绸衣服当便服穿，极尽奢侈之能事，可是上床睡觉时，却把白天随意穿着的衣服，像女人似的仔细叠好，压在被褥下面，不仅如此，当发现衣服上沾了污渍，他竟然用舌头把它舔干净——据说丝绸衣服上的污渍最好用舌头舔；一个长了一脸粉刺的青年，据说是某大学的棒球选手，却胆小如鼠，完全不像个运动员，把写给女佣的情书放到吃过晚饭的托盘上，想想觉得不妥，又把它拿了下来，过一会儿又放上去，这样磨磨叨叨地重复着；就连有人胆大妄为地招来妓女，演出一幕幕在此无法描述的不堪入目的场景，三郎也可以无所顾忌地尽情偷窥。

除此之外，三郎还对研究房客与房客之间的感情纠葛发生了兴趣。比如某个人，对人的态度因人而异，刚才还跟对方笑着说话，去隔壁房间后，就把人家臭骂一顿，好像有什么深仇大恨；有的人像变色龙一样，当面特别会逢场作戏，阿谀逢迎，背地里却大肆嗤笑人家。说到某个女房客——东荣馆二楼住着一个学画的女学生——就更有意思了。她何止是"三角恋爱"，而是"五角""六角"那样乱七八糟的关系。对这错综复杂的关系，唯有局外人"天花板上的散步者"看得一清二楚，他还知道谁是她真正的心仪对象，这些事情她的那些情人都毫不知情。童话里有一种叫隐身衣的东西，现在天花板上的三郎，就如同穿着那件隐身衣。

如果再进一步，掀开别人房间的天花板，潜入房间中，搞出种种恶作剧来，岂不是更有趣吗？三郎心里虽跃跃欲试，却没有那种勇气。在天花板上，平均每三间屋子就有一处同三郎房间一样的被石块压住的通道，因此，潜入别人的房间并不是难事。只是房间的主人随时可能回来，即使房客没回来，窗户都是透明的玻璃拉窗，也有可能被外面的人发现。再加上，揭开天花板进入壁橱里，再打开壁橱的拉门溜进房间，然后再爬上壁橱里的隔板，原路返回自己房间的天花板，在这个过程中难免会弄出声响，若是被走廊上的人或是邻居听见可就坏事了。

下面，讲讲某天深夜发生的事。三郎"散步"一圈后，正在房梁之间爬行，准备回自己的房间。突然，他发现在自己房间的对面，就是隔着庭院对面那边靠角落的天花板上，有一条过去从未注意到的细微缝隙。如两寸左右的云朵状缝隙，从那里射进了比丝线还细的光线。三郎不知那是什么，轻轻打开手电筒仔细一看，原来是一个很大的木节，一大半已经和周围的木板脱离，剩下一半勉强连接着木板。虽没有形成孔洞，但只要用手轻轻一抠，那一半就会脱离。于是，三郎从其他缝隙向下张望了一下，确认房间的主人已经睡熟之后，便小心翼翼地抠了好长时间，才抠掉了那块木节。幸运的是，这个节孔呈漏斗状，上粗下细，只要把抠下来的木节再放回原处，是绝不会掉下去的，不会有人发现这里有这么大的一个窥视口。

"真是天助我也！"三郎喜出望外，从这个节孔往下面一看，它不像其他缝隙那样，纵向虽长却很狭窄，窥探时很费劲，这个节孔下方最窄的地方直径也有一寸以上，所以能够轻松地看到房间全景。三郎忍不住在这里停下来，仔细观察这间屋子。说来也巧，这间屋子里住的是东荣馆的房客中最令三郎讨厌的名叫远藤的牙科学校毕业生，眼下他正在某个牙医手下当助手。这个远藤，此时就在三郎眼睛下方睡得正香，他那张令人讨厌的大扁脸显得更加扁平了。

看样子远藤是个十分刻板的人，房间里收拾得非常干净整洁，

插画师：朱雪荣

其他房客无人能及。书桌上的文具都各归其位，书柜中的书籍排列有序，坐垫摆放周正，枕边依次排放着——大概是舶来品吧——奇形怪状的闹钟、卷烟漆器盒、彩色玻璃烟灰缸。不论哪样物品，都表明了它们的主人是有着极端洁癖的喜欢吹毛求疵之人，而且远藤自身的睡姿也相当规矩。遗憾的是，他正张着大嘴发出雷鸣般的呼噜声，与这房间里的陈设很不搭调。

三郎就像看到了什么不洁的东西，皱起眉头，瞧着远藤丑陋的睡相。远藤的脸要说好看倒也算好看，也许如他自己吹嘘的那样，是一张对女人有吸引力的脸。不过这长脸实在长得过分，浓密的头发，与长脸不成比例的过窄的富士额①，短眉毛，细眼睛，总是笑眯眯的眼角的鱼尾纹，长长的鼻子，大大的嘴巴。三郎尤其觉得这张嘴怎么看怎么别扭，鼻子下部猛然凸起，上颚和下颚都鼓了出来，紫色的大嘴巴张开着，与苍白的脸形成奇妙的反差。而且，也许是患了肥大性鼻炎，他的鼻子一向不通气，所以始终大张着嘴呼吸，打鼾可能也是因为鼻炎的缘故。

三郎只要看到远藤这张脸，就不由得浑身发痒，想要对准他那张扁脸狠狠地打几巴掌。

---

① 富士额：指前额的发际形似富士山的额头，被当成美人的特征之一。

## 四

　　瞧着远藤的睡相时，三郎突然萌生了一个有趣的念头：要是自己从这个洞口吐一口唾沫，会不会正好掉进远藤大张着的嘴里呢？因为远藤的嘴，不偏不倚就在窟窿的正下方。三郎按捺不住好奇心，马上抽出内裤的腰绳，把腰绳从那个孔里垂下去，一只眼睛贴在绳子上，另一只眼睛就像打枪瞄准似的往下一瞄，真是太巧了，绳子、节孔和远藤的嘴完全处于一条线上。这就说明，如果从孔中吐口唾沫的话，必然会落入远藤的嘴中。

　　但是，三郎还不至于下作到真的吐唾沫。他按原样堵上了节孔，正要转身离开时，突然一个恐怖的念头在他的脑海中闪过。在黑暗的天花板中，他脸色变得煞白，不由自主地哆嗦起来。这个恐怖的念头就是：杀死这个与自己无冤无仇的远藤。

　　三郎对远藤没有任何仇恨，两个人相识还不到半个月。由于二人很偶然地在同一天搬进东荣馆，有此缘分，互相到对方房间拜访过两三次，并没有多深的交情。那么，若问三郎为什么想要杀掉远藤，上面说的实在太讨厌他的长相及一言一行，恨不得揍他一顿的想法多少起了点作用。但是，三郎产生这个想法的主要动机，并不在于讨厌其人，仅仅是对于杀人行为本身感兴趣而已。上面已经提到了，三郎的精神状态非常变态，有嗜好犯罪的疾病，而且诸多罪行中，他觉得最刺激的就是杀人，所以产生这种邪恶念头绝不是偶然。只不过以前虽多次产生杀人之念，但因惧怕被人发现，没敢实行罢了。

不过，看眼下远藤的情形，三郎觉得完全不必担心会被人怀疑，可以神不知鬼不觉地实施杀人了。只要自身没危险，即使对方是个不相干的人，三郎也毫不顾忌。更何况，杀人行为越是残忍，就越能满足他的变态欲望。那么，为什么说杀死远藤，不会被人发现——至少三郎这么认为——这里面有这样的隐情。

那是三郎搬到东荣馆四五天之后的事了。三郎和一个刚认识不久的房客去附近的咖啡馆喝酒，当时恰巧远藤也来了这家咖啡馆，三个人就坐在一张桌子前喝起酒来。不过，讨厌喝酒的三郎喝的是咖啡。他们三个聊得很愉快，一起回到公寓后，略有醉意的远藤说"你们来我房间坐坐"，就硬把两人拉到自己的房间，然后一个人耍起了酒疯。他不顾已经入夜，喊来女佣沏茶倒水，接着咖啡馆的色情话题大谈自己的恋爱故事——三郎就是从这个晚上开始厌烦远藤的——当时远藤一边舔着充血的红嘴唇，一边自鸣得意地炫耀：

"你们知道吗？我和那个女人，差一点儿就殉情了。那时候还没毕业呢，你们知道，我上的是医学院，弄点儿药还不是小菜一碟。

所以，我准备了能让我俩痛快死去的吗啡。然后你们猜怎么着？我们去了盐原啊。"

远藤一边说一边摇摇晃晃地站起来，走到壁橱前咯吱咯吱地拽开拉门，从里面堆着的一件行李下面摸出一个小指粗细的茶色瓶子，举到三郎他们面前，只见瓶底有一点儿亮晶晶的粉末。

"就是这东西噢！这么一丁点儿，就足以让两个人死掉呢……不过，这件事你们可千万别告诉别人啊！"

接着，远藤又没完没了地絮叨起他的风流韵事。三郎此时竟然鬼使神差地想到了那瓶毒药。

"从天花板的节孔滴下毒药，把人杀死！这是何等完美的犯罪呀！"

三郎为自己这个妙案兴奋得忘乎所以了。但转念一想，他发现这个办法由于太异想天开而缺乏可行性。再说了，简便易行的杀人方法多的是，何必要采取这么麻烦的法子呢？但是，被这种怪异念头魅惑的三郎，已经无暇仔细思考了。只有支持这个计划的理由，接二连三地在他脑海中浮现出来。

首先必须把毒药偷出来，这不是什么难事。只要去远藤的房间串门，聊个昏天黑地，时间一长，远藤就有可能去上厕所或有其他事离开房间，自己只要趁此机会从那件行李中取出茶色小药瓶就可以了。远藤又不会经常查看那件行李，估计两三天之内不会发觉。即使远藤发现了瓶子被偷，他也知道持有毒药已触犯了法律，因此绝对不敢声张。而且，只要自己手脚利落，他连谁偷的也弄不清。

有人会问，不用这么麻烦，直接从天花板潜入房间偷走毒药不是更省事吗？不行，不行，那样做太危险了。刚才我说过，房间的主人随时可能回来，也有可能被外面的人透过玻璃拉门看见。关键是，远藤房间的天花板上，没有像三郎房间那样的有石头压着的通道，三郎怎么可能掀开被钉死的天花板潜入他的房间呢！那也太冒险了。

把毒药偷到手后，只需用水溶化，再滴入远藤那因鼻炎总是张着的大嘴中就万事大吉了。唯一让他担心的是，远藤能否顺利地咽下毒药。其实，这也不用担心。为什么呢？因为药量极少，把溶液调得浓一些，只要几滴就够了，远藤睡得正香的话，根本感觉不到。即使察觉到了，他恐怕也来不及吐出毒药了。而且，三郎知道吗啡即便很苦，但药量少，再加些砂糖，根本不必担心会失手。谁也想不到毒药会从天花板上滴下来，远藤一时间是不可能察觉的。

但是，这药是否能立刻见效呢？会不会这药量不适合远藤的体质，只能让他感到痛苦，却不足以杀死他呢？这是个问题。果真是那样就太遗憾了，但也不必担心会给自己带来危险。之所以这么说，是因为节孔会按原样堵上的，由于天花板上还未积灰尘，也不会留下任何痕迹。自己还戴了手套，以防留下指纹。人们就算知道毒药是从天花板上滴下来的，也不可能查出是谁干的。尤其是他和远藤只是泛泛之交，根本没有深仇大恨，这是大家都知道的，所以他没有理由被列为怀疑的对象。即使不考虑这一层，熟睡中的远藤也不会知道毒药是从哪里掉进嘴里的。

三郎从天花板回到房间后，这样自作聪明地想着。我想读者可能已经注意到了，纵然以上各个环节都很顺利，他还是犯了一个重大的错误。可奇怪的是，直到着手实施时，三郎都丝毫没有意识到这个问题。

## 五

过了四五天后,三郎找了个恰当的时机去了远藤的房间。当然,在这几天里,他又反反复复地琢磨了这个计划,确信不会有风险。而且,他还添加了一些新点子,比如如何处置那个药瓶。

如果能顺利地杀死远藤,三郎就打算把药瓶从节孔中丢下去,这么做可谓一举两得。一方面他不用费心思把这个药瓶藏起来了,不然被人发现的话,会成为重要罪证;另一方面,若把装有毒药的容器丢到尸体旁,人们肯定会认为远藤是自杀身亡的。另外,那个曾经和三郎一起听过远藤吹嘘自己爱情故事的男人,一定会证明这个瓶子是远藤的东西。更有利的是,远藤每晚都关严门窗就寝。房门就不用说了,连窗子都是从里面锁上的,所以从外面绝对进不来人。

话说那天,三郎以超常的自制力,和看到他的脸就想吐的远藤东拉西扯了很长时间。在聊天中,三郎不止一次地产生冲动,想有意无意地暗示杀意来吓唬远藤,他好不容易才克制住了这极危险的欲望。

"你知道吗?最近,我要用一种绝不会留下证据的方法杀死你，你已经没有多少日子像女人似的饶舌了，今天就让你唠叨个够吧。"

三郎望着对方那无休止地唠叨着的厚嘴唇，心中反复默念着这句话。一想到面前的男人即将变成惨白浮肿的尸体，他就兴奋得不得了。

在这样聊天的过程中，不出三郎所料，远藤去了厕所。此时已是夜晚十点左右了，但是三郎仍然十分谨慎地观察四周，还细心确认了窗外没有人，这才轻手轻脚地迅速打开壁橱，从行李中摸出了那个毒药瓶。因为他曾经清楚地看到远藤放瓶子的地方，所以毫不费力地就找到了。尽管如此，他的胸口还是扑通扑通乱跳，腋下直冒冷汗。说实话，这次计划中最危险的就是偷药瓶了。远藤可能会因什么事突然回来，说不定还会被谁看见，三郎对这些风险是这么考虑的：如果被人发现，或是虽然没被发现，但是远藤发现毒药被盗的话——这一点只要三郎稍加留心，很快就能知道，尤其是他有着从天花板偷窥的秘密武器——只要打消杀人的念头就没事了。因为仅仅是偷毒药，不算什么了不得的罪行。

这些暂且不说。总之，三郎第一步先顺利地偷到了药瓶，没有被任何人看到。等远藤从厕所回来后，三郎就若无其事地结束了聊天，回到自己的房间。接着，三郎把窗帘拉得严严实实，又锁上了房门，坐在书桌前，心情紧张地从怀中取出那个可爱的茶色药瓶，仔细打量起来。

MORPHINE（o.×g.）

可能是远藤自己写的吧，在很小的标签上标注着这样的文字。三郎以前也读过一些关于毒药的书籍，对吗啡多少有些了解，不过今天是第一次见到实物。这应该就是盐酸吗啡了。他把瓶子拿到灯前，透过灯光看到瓶子中只有半小勺白色粉末，晶莹剔透。这东西真能置人于死地吗？他觉得很不可思议。

三郎当然没有测量药量的精密天平，所以对于药的剂量只能相信远藤的话。听远藤当时说话的口气，虽说喝醉了，但绝不像是信口胡说。再说，看小瓶标签上注明的剂量，也足有三郎所知道的致死量的两倍，应该不会出什么差错。

三郎把瓶子放在桌子上，又把事先准备好的砂糖和酒精瓶摆在它旁边，然后像药剂师那样全神贯注地配起药来。房客们好像都已进入了梦乡，四周一片寂静。在这万籁俱寂之中，三郎用火柴棒浸上酒精，小心翼翼地一滴一滴地滴入吗啡瓶中，他听到自己的呼吸声犹如魔鬼的叹息，变得格外刺耳。啊，此事使三郎的变态嗜好得到了多么大的满足啊！三郎眼前忽而浮现出古代传说中的女巫的恐怖模样——在黑乎乎的洞穴中，面目可憎的女巫盯着滚烫的毒药锅狞笑着。

然而，与此同时，三郎心中也涌出未曾预料到的近乎恐惧的感觉。而且，随着时间的推移，恐惧感一点点增强了。

MURDER CANNOT BE HID LONG;

A MAN'S SON MAY, BUT AT THE LENGTH, TRUTH WILL OUT.[①]

不知在哪里看到的别人引用的莎士比亚的可怕诗句，放射着刺眼的光芒，炙烤着三郎的脑髓。虽然他坚信这个计划毫无破绽，但面对陡然增强的不安，他有些不知所措。

"只是为了体验杀人的刺激，就把一个无冤无仇的人弄死，这是正常人的行为吗？你是不是走火入魔了？莫非精神错乱了？你不觉得自己的心太残忍了吗？"

不知不觉中夜已经深了，三郎盯着面前调好的毒药，久久地思考着。干脆放弃这个计划吧，他几次想要改变主意，但最终还是无法抗拒杀人取乐的诱惑力。

正当三郎犹疑不决的时候，脑子里突然闪过一个致命的问题。

"哈哈哈哈……"

三郎突然憋不住笑出来，考虑到夜深人静，他尽量压低了声音。

"笨蛋！你真是个可笑至极的小丑！还好意思谋划什么杀人计划，你那麻痹的大脑连偶然和必然都分不清吗？即便你看到过远藤大张的嘴巴就在孔洞的正下方，可你怎么知道，他下次睡觉时，嘴巴仍

---

① 出自莎士比亚的《威尼斯商人》。大意为：谋杀无法被掩盖，他的儿子也许暂时躲了过去，但真相终将大白。

然在那个位置呢？反倒是每次位置都不变才不可能呢！"

这可真是滑稽透顶的失误。可见他这个计划，从一开始就建立在虚妄之上。话虽如此，他为什么一直没有发现这个显而易见的漏洞呢？只能说太不可思议了。只能说明他自以为聪明的脑袋里，存在着严重的缺陷。不管怎么说，意识到了这一点后，三郎虽然深感失望，同时也感到莫名地轻松。

"这样也好，我不会犯下恐怖的杀人罪了。真是谢天谢地啊！"

话虽如此，从第二天开始，三郎每次进行"天花板上的散步"时，仍旧会留恋地打开那个节孔，毫不懈怠地偷窥远藤的动静。这么做的原因之一是，担心远藤会发现毒药被盗。还有就是，三郎并没有放弃等着远藤的大嘴像此前那样，碰巧在节孔正下方张开的机会。实际上，三郎每次去"散步"，都把那瓶毒药装在他的衬衣口袋里。

## 六

三郎开始"天花板上的散步"已经有十天了,在这期间,他每天都要一边提防被人发现,一边在天花板中爬上好几圈。这可不是等闲之事,不是谨慎小心之类的平庸词语能够形容的。一天夜晚,三郎又来到了远藤的房间上面。他是以抽签般的心情来碰运气的,想着不知是凶是吉,说不定今天会碰上大吉呢。他一边向神佛祈祷吉星高照,一边打开了那个节孔。

啊!三郎简直不敢相信自己的眼睛。和上次看到的情景分毫不差,远藤打呼噜的嘴巴,恰好在节孔下方呢!三郎使劲揉了好几次眼睛再三确认,还抽出内裤腰绳放下去目测了一下,确定没有问题,绳子、节孔和嘴巴正好在一条直线上。三郎兴奋得差点儿叫出声来,好不容易才忍住。终于等到这一刻的欢喜和巨大的恐惧交织在一起,使他感到异样的亢奋,他的脸在黑暗中变得惨白。

三郎从口袋中掏出毒药瓶,手不由得颤抖起来。他一边竭力控制自己,一边拔掉瓶塞,用绳子瞄准了方向……啊,此时的心情实在无法形容！一滴又一滴，滴了好几滴，他终于坚持着滴完了，然后立刻闭上了眼睛。

"他察觉到了吗？肯定发觉了，肯定发觉了。马上就会，啊，他马上就要大声喊叫了。"

三郎要是两只手没有拿着东西，真想把耳朵捂上。

尽管他害怕成这样，可下面的远藤却连哼都没有哼一声。三郎亲眼看到毒药落入远藤的口中，应该不会失手的。可是，远藤为什么没有一点儿动静呢？三郎战战兢兢地睁开眼睛，从洞口往下窥视，看见远藤咂巴着嘴，用双手抹了抹嘴唇，又呼噜呼噜睡去了。人们常说，事情实际做起来要比想象中容易。看来睡得很沉的远藤，完全没有意识到自己咽下了致命的毒药。

三郎一动不动地盯着那可怜的被害者的脸，感觉时间过得非常慢，虽然不到二十分钟，但他觉得足有两三个小时那么漫长。就在这时，远藤突然睁开了双眼，然后坐了起来，困惑地环视着房间。也许是头晕吧，他忽而摇摇头，忽而揉揉眼睛，像说梦话似的嘴里嘟嘟囔囔，特别古怪，然后又躺到枕头上，在床上翻来覆去地折腾。

渐渐地远藤没有力气翻身了，不再动弹了，却打起了雷鸣般的呼噜。三郎往下面一看，远藤像喝醉酒似的，脸色通红，鼻尖和额头都渗出了豆粒大的汗珠。在他熟睡的身体中，或许此刻正在进行一场生与死的搏斗。想到这里，三郎不禁浑身汗毛倒立。

又过了一会儿，远藤那通红的脸色渐渐消退，变成纸一般雪白，眼看着又变成了蓝灰色。接下来，不知什么时候，鼾声停止了，呼吸也缓慢下来了……突然，胸部的起伏停止了，三郎以为他要断气了。可转眼间，他的嘴唇又开始蠕动，沉重地呼吸起来。就这样反复了两三回之后，彻底停止了……远藤已经不再动弹了。他那从枕头上滑落下来的脸上，浮现出与人世间迥然有别的异样微笑——他终于成了"亡魂"。

一直屏住呼吸、手里捏着汗、目不转睛地盯着他的三郎，直到此时才长长地舒了一口气，因为自己终于成为杀人犯了。而且，对方死得非常舒服，被他杀死的"牺牲者"一声都没有喊叫，甚至没有露出痛苦的表情，而是打着鼾声升天的。

"真没想到，原来杀人这么简单啊！"

三郎不禁有些失落，在他的想象中具有无穷魅力的谋杀，实际体验过才发现，就和家常便饭差不多。既然这么容易，多杀几个人也不在话下。他虽然这样想，但身心放松下来后，难以言表的恐惧又袭上了三郎的心头。

他猛然间发觉，在黑暗的天花板上，在纵横交错的怪物模样的房梁下面，自己犹如壁虎一般趴在天花板上，从节孔盯着尸体的样子非常恐怖。他只觉得脖颈阵阵发冷，仔细一听，仿佛什么地方有个声音正慢慢地叫着自己的名字。他不由得把视线从洞口移开，看向黑暗的四周，也许是因为刚才一直在窥视明亮的房间，眼前大大小小的黄色光环层出不穷。他定睛一看，远藤那巨大的嘴唇，仿佛眼看就要从光环后面嘣出来似的。

即便如此害怕，三郎仍然一丝不苟地完成了原计划的所有程序。从节孔中把还剩了几滴毒药的药瓶扔下去，然后堵上窟窿，打开手电筒查看天花板里有没有留下痕迹。直到确认没有一点儿破绽之后，他才迅速沿着房梁爬回自己的房间。

"总算搞定了。"

身心异常疲惫的三郎，在壁橱中穿起和服来，好让自己打起精神，再仔细回想是否落下了什么东西。蓦地，他想起了那条用来目测的内裤腰绳，不知拿回来了没有，该不会把它忘在那儿了吧？想到这儿，三郎慌忙在腰间摸索起来，没有摸到。他愈加慌乱了，浑身上下找了个遍，结果发现，它被塞进衬衣口袋里了，这事自己怎么给忘了呢？好了，好了，这就放心了。三郎悬着的心放了下来，可是从口袋里掏出那条腰绳和手电筒时又突然吓了一跳，口袋里竟然还有一个东西……药瓶的小木塞也在口袋里呢！

他回想了一下，原来刚才在往下滴毒药时，怕弄丢瓶塞，特意把它装在口袋里，可是把药瓶扔下去后，却把木塞的事忘在了脑后。这瓶塞虽小，但不扔下去的话，很可能惹祸上身。他必须壮着胆子，再一次返回现场，把瓶塞从节孔里扔进去。

那天夜里，当三郎钻进被窝时——最近他不在壁橱里睡觉了，以免惹人怀疑——已是凌晨三点了。但因过于亢奋，他怎么也睡不着。既然把扔瓶塞的事都忘记了，说不定还有其他什么疏漏。想到这儿，三郎再也无法安睡了。他强迫心乱如麻的自己平静下来，又从头到尾回忆了一遍当晚的每一个行动，检查有什么疏漏之处。但至少在他的回想中，没有发现什么破绽。无论怎么反思，作案时都没有丝毫失误。

三郎就这样一直思索到天亮。当他听到走廊里响起了早起的房客去洗漱的脚步声时，便立刻起了床，开始准备外出，因为他害怕听到远藤的尸体被发现时的动静。到时候，他怎样表现比较妥当呢？万一不小心举止失常，引起别人的怀疑可不得了。因此，他认为在此期间外出是最安全的。不过，如果连早饭都不吃就出门的话，反而更容易让人怀疑。

"啊，可也是啊，怎么搞的，差点儿又出错。"意识到这一点后，他又钻进了被窝。

可想而知，从现在起，到早饭前的两个小时，三郎是怎样揪着心度过的啊。幸而到他快速吃完早饭、逃离公寓为止，什么事也没有发生。他从公寓出来后，根本不知道该去哪儿，只是为了消磨时间，从一条街到另一条街地转来转去。

## 七

总之,三郎的谋划获得了成功。

当他中午从外面回来时,远藤的尸体已经被移走,警方的现场勘查也结束了。他向别人一打听,不出所料,所有人都认为远藤是自杀的,警方也只做了一些形式上的调查取证,便马上撤走了。

关于远藤为什么自杀,原因还未查明,不过从他平素的品行来看,大家都认为很可能是太过痴情导致的悲剧。事实上,最近的确发现他刚刚失恋了。虽然对他这样的男人来说,"失恋"就像是一种口头禅,不足为奇,可是又没有其他像样的原因,只好这么推断了。

无论有没有自杀动机,他是自杀身亡的,这一点毋庸置疑。门窗都是从里面锁着的,装毒药的容器就在他枕边,而且后来又了解到,这瓶毒药是远藤的东西,这样就没什么可怀疑的了。更不会有人猜测毒药可能是从天花板上滴下来的。

即便如此,三郎还是不能放宽心,那一整天都心神不宁。但随着日子一天天过去,他渐渐地坦然起来,甚至对自己的作案手法颇为自鸣得意。

"咱这本事怎么样，谁比得了？瞧瞧看，就在这里，在这栋公寓的一个房间里住着可怕的杀人凶手，居然没有一个人发现。"

三郎想，由此看来，这世上还不知有多少杀人犯没有被抓捕归案呢。什么"天网恢恢，疏而不漏"，那肯定是从前的当权者们做的宣传，或者是民众的迷信罢了。其实，只要做到不留痕迹，不管犯下什么样的罪，都能够瞒天过海。三郎也这样安慰过自己。可是一到夜里，他还是会因为看到远藤惨死时的脸在眼前闪现而心惊肉跳。因此从那天晚上起，三郎停止了在"天花板上的散步"，认为这其实是心理问题，很快就会忘记的。说实在的，只要罪行不被发现，他就该知足了。

远藤死后第三天，三郎刚刚吃过晚饭，正一边剔牙一边哼歌时，好久没联系的明智小五郎突然来访了。

"哎呀！"

"好久不见了。"

两人很轻松地这样寒暄道。但是三郎心里犯起了嘀咕，这位业余侦探早不来晚不来，偏偏这个时候来访，他觉得不太吉利。

"我听说最近这座公寓里，有人服毒自杀了？"

明智一坐下，便开门见山地提起了三郎想要回避的话题。大概是从谁那里听说了自杀事件，正好三郎也住在该公寓里，他出于那喜好侦探的天性，便前来拜访了。

"是啊,是吗啡中毒。死者被人发现时,我恰好不在公寓,详细情况不大清楚,听说好像是因为太痴情了,想不开。"

三郎为了不让对方察觉自己想回避这个问题,佯装自己也对此很有兴趣的样子,这样回答。

"他是个什么样的人呢?"

明智紧接着又问了一句。接下来,他们对远藤的为人、死因,以及自杀方式等探讨了一番。三郎起初还有些紧张,很谨慎地回答明智的提问,习惯了之后,他渐渐有些傲慢起来,甚至产生了嘲笑一下明智的念头。

"你怎么看?这说不定是他杀呢?我并没有什么证据,不过,看似自杀实则他杀的案件,不是很常见吗?"

三郎竟然说出这样的话来。他暗自嘲笑对方,自己这一手,连大名鼎鼎的名侦探也未必能想到。这让他感到心情分外愉快。

"这我可说不好。说实话,我从朋友那儿听说这件事时,也觉得死因有些可疑啊。怎么样,不知能不能带我去远藤的房间看看?"

"当然可以!"三郎很得意地回答道,"远藤的同乡就住在我隔壁,远藤的叔叔托他暂时保管远藤的行李呢。要是说你想看,他肯定同意。"

于是,他俩一同前往远藤的房间。三郎率先走在走廊里时,突然有种奇妙的感觉。

"杀人犯本人竟然带着侦探去凶杀现场,真是空前绝后啊!"

三郎好不容易才没有嘿嘿笑出声来。他这辈子从来没有像现在这样扬眉吐气过。他摆出一副神气活现的黑老大派头,恨不得自己向自己喊一声"拜见老大!"。

远藤的同乡名叫北村,就是那位证明远藤失恋的男子。他久闻明智的大名,所以二话没说就打开远藤的房间,让他们进去查看。远藤的父亲从家乡赶过来,直到今天下午,才给儿子办完临时安葬的事宜,所以远藤的东西还摆在房间中,尚未打包。

远藤被发现死亡是在北村去公司上班之后,所以他好像不清楚尸体被发现时的情况,不过他把道听途说来的情况汇总起来,进行了较为详细的说明。三郎也佯装局外人,谈了各种各样的传闻。

明智一边听两人的讲述,一边用内行的敏锐目光打量起房间来。他突然注意到书桌上摆着的闹钟,好像悟到什么似的,盯着闹钟看了半天,大概是觉得那个闹钟的形状古怪,很少见。

"这个是闹钟吧?"

"是的。"北村很饶舌地说起来,"这可是远藤最得意之物。他是个循规蹈矩的人,每天晚上都会上闹钟,时间定到早晨六点钟。结果,我每天都要被这隔壁的铃声吵醒。远藤死的那天也不例外。那天早上这个闹钟也响了,所以我怎么也想不到会发生这种事情。"

听他这一说,明智一边抓着乱蓬蓬的长头发,一边饶有兴趣地追问:

"你没有记错吧,那天早上,闹钟确实响过?"

"是啊，确实响过。"

"你对警察讲过这件事吗？"

"没有……不过，您为什么要问这个呢？"

"为什么要问，你不觉得奇怪吗？当晚决定自杀的人，怎么会为第二天早上起床上闹钟呢？"

"有道理，这么说来，的确很奇怪。"

北村很粗心，似乎完全没有意识到这一点，而且，他并没有理解明智说这话是什么意思。这也不足为奇。因为门是锁着的，毒药瓶就扔在尸体旁边，其他所有情况都无可置疑地表明远藤是自杀。

但是，三郎听到二人这番对话，却惊恐万分，只觉得脚下的地面突然开始塌陷了。他为自己带明智来这个地方的愚蠢决定后悔不迭。

然后，明智又对整个房间进行了更加细致的调查，当然也不会漏掉查看天花板。他一块块地敲着天花板，寻找有人出入的蛛丝马迹。不过，即使是聪明的明智，好像也没有想到把毒药从天花板节孔中滴下，再把节孔按原样塞上的手段。明智确认了没有一块天花板是松动的之后，没有继续检查下去。三郎总算松了口气。

总之，这一天没有什么新的发现。明智查看完远藤的房间后，又回到三郎的房间来，二人随便聊了一会儿，明智就回家了。不过，他们的谈话中有一段对话，我必须在这里写出来。为什么呢？因为看上去好像不值一提，可实际上，这段对话与这个故事的结局有着重大关联。

当时，明智从袖中取出飞艇牌卷烟，一边点烟，一边突然想起来似的说道：

"一直没看见你吸烟，难道是戒了吗？"

经他这么一提，三郎才意识到，这两三天竟然把最喜欢的卷烟忘了，一根也没有抽过。

"奇怪啊，我怎么给忘了？而且见你抽烟，我也不想抽。"

"从什么时候开始的？"

"说起来有两三天没有抽了。对了，买这盒敷岛烟的时候，是星期天，就是说已经整整三天，一根烟也没有抽过。这是怎么回事啊？"

"那么，正好是远藤出事那天开始的了？"

一听这话，三郎猛地一惊。不过，他并不认为远藤的死与自己不想吸烟之间有什么因果关系，所以，当时只是一笑置之。可事后细想，总觉得此事绝非开玩笑那样无足轻重。而且，不可思议的是，三郎后来也一直不想抽烟。

## 八

眼下,那个闹钟成了三郎的一块心病,夜里也睡不踏实。虽说查出远藤并非自杀身亡,也没有一条证据能证明自己是凶手,没有必要那么紧张,可是,一想到知道这件事的是那个神探明智,他就无法安心。

然而,半个月平安无事地过去了,他一直担心的明智没有再来。

"好了好了,看来这事终于消停了。"

于是三郎放松了警惕。虽说常常会做噩梦,但基本上每天过得还算愉快。尤其让他高兴的是,自从杀人以后,他竟然对以前觉得索然无味的各种游乐有了兴趣。因此,最近他几乎每天都在外面玩乐,很少待在家里。

那天,三郎也是在外面玩到很晚,十点左右才回到房间。他像往常一样,为了拿被褥铺床,"咯吱"一声拉开了壁橱的门。

"啊!"

三郎突然发出一声恐怖的尖叫,向后倒退了两三步。

他搞不清自己是在做梦，还是神经错乱了，因为他看见那个已死的远藤的脑袋，披头散发地从黑乎乎的壁橱顶上探了下来。

三郎吓得撒腿就逃，刚跑到门口，又觉得自己会不会是看错了，就哆哆嗦嗦地转身回来，偷偷朝壁橱中瞅了一眼，非但没有看错，那张脸还突然冲他咧嘴一笑。

三郎又"啊"地大叫了一声，飞奔到门口，拉开拉门，要往外跑。

"乡田！乡田！"

回头一看，壁橱中有人不停地呼喊自己的名字。

"是我，是我呀，别跑啦！"

这不是远藤的声音，而是很耳熟的另一个人的声音。三郎这才站住了，心惊胆战地扭头一看。

"失敬！失敬！"

只见有个人一边这么说着，一边像三郎那样从壁橱顶上下来了。他不是别人，正是明智小五郎。

"吓着你了，对不起啊！"穿着西装的明智从壁橱里出来，笑嘻嘻地说道，"我只是在模仿你呀！"

这可是比幽灵更真实、更恐怖的事。看来明智全明白了。

此时三郎的心情实在无法形容。近期发生的所有事情，像风车一样在他脑子里盘旋起来，他只是呆呆地站着，盯着明智的脸。

"那我就不客气了，这是你的衬衣纽扣吧。"

明智用公事公办的口气说道，接着把手里的黑纽扣递到三郎眼前：

"我也问了其他的住户，他们都没掉过这样的扣子。啊，就是这件衬衫上的吧。你看，第二颗扣子不是掉了吗？"

三郎大吃一惊，低头一看，果然衬衣掉了一颗扣子。扣子什么时候掉的，他一点儿都没意识到。

"形状也一样，肯定是你掉的了。可问题是，你知道这扣子，我是在哪儿捡到的吗？是在天花板上。而且还是在远藤房间的天花板上！"

虽说是这样，可是三郎怎么一直没有发现扣子掉了呢？而且，当时自己不是用手电仔细检查过了吗？

"莫非是你杀死了远藤？"

明智天真无邪地笑了笑，在这种场合，这笑容更令人头皮发麻。他死死盯着三郎那茫然无措的眼睛，说出了这句置他于死地的话。

三郎知道自己彻底完了。无论明智的推理多么顺理成章，若止步于推理，自己还有狡辩的余地，可是被他拿到了意料之外的证据，就无可奈何了。

三郎像个快要哭出来的孩子，一动不动地站在那里。他眼前因眼泪变得模糊，脑子里梦幻般浮现出上小学时的那些久远的往事。

在接下来的两小时内，他们一直以同样的姿态，在三郎的房间里对峙着。

"谢谢你，告诉了我事情的真相。"最后，还是明智打破了沉默,"我绝不会向警方告发你的,我只是想知道自己的判断是否正确。你也知道,我的兴趣只在于'了解真相',其他事情,我并不关心。再说了,这起案件里一个证据都没有嘛!说到衬衫的扣子,哈哈……那不过是我给你下的一个圈套!我想,没有证据的话,你肯定不会承认的。上次我来的时候,就注意到你衬衫的第二颗扣子掉了,我就利用了这一点。其实,这颗扣子是我从商店买来的。一般来说,人不会特别留意什么时候掉了扣子,再说你作案时很紧张,所以我想用扣子来诱导,会顺利达到目的。

"正如你也想到的那样,我对远藤的自杀产生怀疑是因为那个闹钟。此后,我还去拜访了这个辖区的警察署长,从到过现场的一个警察那里,打听到了当时的详细情况。据他说,吗啡瓶掉在了卷烟盒中,里面的毒药还洒在了卷烟上。警察似乎对此并没有加以注意,这不是有些奇怪吗?我听说,远藤是个非常严谨的人,既然能够做到躺在床铺上死去,怎么会把药瓶扔到卷烟盒中,还把毒药洒出来呢?这不是很不合理吗?

"这就更加深了我对远藤死因的怀疑,加上又偶然发现你从远藤死的那天开始就不吸烟了。若说这两件事仅是巧合的话,那也太巧了吧。于是,我又想起你以前曾对模仿犯罪有着浓厚的兴趣,因为你有嗜好犯罪的怪癖。

"从那以后,我就频频来这栋公寓,背着你暗中查看远藤的房间。结果我发现,凶手除了天花板没有别的通路,于是我就像你一样，在'天花板上散步'，偷窥住户的房间。特别是在你的房间上面，偷窥你很长时间，清清楚楚地看到了你坐立不安的样子。

"随着调查的深入，所有的线索都指向了你。不过，遗憾的是，我没有找到一个有力的证据，所以我就想到了刚才那一出。哈哈哈哈……那么，我就此别过了。也许以后就不再和你见面了，要问为什么，很简单，因为你已经下决心去自首了。"

面对这位明智的计谋，三郎内心已毫无波澜，连明智已经走了都没有察觉，只是茫然地思索着一件事：

"被执行死刑时，到底是怎样的心情呢？"

把毒药瓶从孔里扔下去时，三郎以为没看到药瓶掉在哪里了。其实，他清楚地看到药瓶掉进了卷烟盒里，这个画面被烙印在潜意识里，才使他从心理上开始厌恶卷烟了。

# 罪犯是谁

江户川乱步名侦探篇

## 一、奇怪的盗贼

"这个故事由您来写成小说,才是最合适的,请您务必把它写下来。"

某人给我讲了个故事后,说了这番话。故事虽然发生在四五年前,但事件主人公还在人世,所以不便与人道出。但那人最近病死了,他才对我讲起。

我听了这个故事后,也觉得将其作为小说素材,我当仁不让。之所以这么说,先不多解释,您看完这篇小说,自然就知道了。

下文中的"我",就是给我讲故事的"某人"。

有一年夏天,我接受好友甲田伸太郎的邀请,去我另一个朋友结城弘一(相比弘一,我与甲田关系更亲密)的家中小住了半个月。事件就发生在那段时间里。弘一的父亲是在陆军省军务局里身居要职的结城少将,其宅邸坐落在镰仓的海滨,是非常适合避暑的胜地。

我们三个是那年刚从大学毕业的同学。结城读的是英语专业,我和甲田读的是经济专业。高中时代，我们曾是室友，所以尽管专业不同，却是亲密无间的玩伴。

对我们来说，那是告别学生时代的最后一个夏天。甲田从九月份开始，要去东京的一家公司就职，我和弘一则要去当兵，年底便入伍。总之，从第二年开始，我们就不能再这样悠闲地度假了。为了不留遗憾地尽情享受这个暑假，我答应了邀请。

弘一是家中独子，从小自由放纵地生长在这座宽敞的大豪宅里，过着奢侈的生活。老爷子是陆军少将，其祖上曾是某位诸侯的重臣，故而家财万贯。因此我们去做客，自然也过得非常滋润。再加上结城家里还有一位和我们玩耍的美少女，芳名志摩子，是弘一的表妹。她很早便失去了双亲，少将夫妇收养了她，将她抚育成人。她刚从女子学校毕业，对音乐非常着迷，会拉一手动听的小提琴。

只要是好天气，我们几个便去海边玩。结城家位于由井滨①与片濑之间。我们更喜欢去热闹的由井滨。那里除了我们四个，还有很多男女朋友，每天都玩得乐不知返。我们的肩膀都晒得黝黑，在巨大的红白格阳伞底下，和志摩子以及她的女性朋友们并肩而坐，说说笑笑，好不快乐。

厌倦了海边时，我们就在结城家的水池边钓鲤鱼。少将喜欢钓鱼，在大水池里放养了无数鲤鱼，犹如鱼塘一般，即便不会钓鱼的人

---

① 此为旧称，昭和初期改名为由比滨。

也能轻松钓上来。我们还向少将讨教钓鱼的诀窍。

那些日子过得真是优哉游哉,无比开心。然而,"不幸"这个恶魔,却嫉妒人们的快乐生活,越是幸福光明的地方,它越是突如其来地降临。

有一天,少将家里突然响起了可怕的枪声,这个故事就在这声枪响中拉开了帷幕。

那天晚上,恰逢府邸举办少将的庆生宴会,满桌美酒佳肴,招待亲朋好友。甲田和我也受邀入了席。

宴席设在正房二楼足有十五六叠大的和式客厅里。主宾都穿着单和服,宴席上气氛祥和,亲密无间。喝醉了的结城少将不拘身份地唱起了义太夫净琉璃①的精彩片段,志摩子小姐也在众人恳请下演奏了一曲小提琴。

宴会顺利结束,十点钟左右客人大都告辞而去,只有主人一家和两三位客人还留恋这愉快的夏夜,尚未离席。除了少将夫妇、弘一、志摩子小姐和我,还有名叫北川的退役老将军、志摩子小姐的朋友琴野小姐,共七人。

一家之主的少将和北川老人在下围棋,其他人又缠着志摩子小姐,要她再拉几首曲子。

"好了,我又该去工作了。"

---

① 净琉璃:日本传统艺能。义太夫净琉璃是由竹本义太夫创建的流派。

145

趁着演奏完一曲的间隙，弘一对我说了一句，起身离了席。他所谓的工作，是指他当时接下的为某地方报纸写的连载小说，每晚一到十点，他就要去隔壁那栋小洋楼里的少将的书房写作。大学时期，他一直租住在东京的独栋房子里，所以他中学时代使用的书房现在归志摩子小姐专用，正房里没有他自己的书房。

估摸弘一走下楼梯，穿过走廊，刚到小洋楼的时候，我们突然听到一声敲击东西似的巨响，吓了一大跳。后来回想，那响声就是枪声。

"怎么回事？"

我们正困惑时，从小洋楼那边传来了可怕的尖叫声。

"快来人啊！不好啦！弘一受伤啦！"

这是刚才已经离席的甲田伸太郎的声音。

我记不清当时在座的人都是怎样的神情了，大家不约而同地站起身往楼梯口跑去。

到了小洋楼一看，弘一浑身是血地倒在少将的书房里（见155页平面图），他旁边站着脸色铁青的甲田。

"怎么回事？"

身为少将的父亲用震耳欲聋的声音吼道，就像在发号施令。

"从那里，从那里……"

甲田惊慌得语无伦次，用手指着面朝庭院的南侧玻璃窗。

只见玻璃窗大敞着，玻璃上开了个不规则的圆洞。估计是有人从外面切割玻璃，拔出插销，打开窗户，潜入了室内。因为地毯上沾着星星点点的泥脚印。

夫人奔向倒在地上的弘一，我跑到打开的窗户跟前，但窗外看不到一个人影。坏人当然不可能笨到现在还不逃走。

与此同时，弘一的少将父亲不知何故，表现得有些不可思议。他没有上前查看儿子的伤势，而是径直奔向房间一角的小保险柜，转动密码打开门，检查是否丢了东西。见此情景，我好生奇怪。且不说他家里有保险柜的事出乎我的意料，作为父亲居然置身负重伤的儿子于不顾，首先去查看钱财丢失没有，实在不是军人所为。

然后，少将吩咐学仆打电话报警，联系医院。

夫人搂着昏过去的儿子，呼唤他的名字，泣不成声。我掏出手绢为弘一的腿包扎止血。子弹无情地射穿了他的脚踝。志摩子小姐机敏地从厨房拿了一杯水来。奇怪的是，她并不像夫人那样悲伤，只是被这桩不寻常的事吓到的样子，给人感觉有些冷淡。我一直以为她早晚会和弘一结为连理，所以对她的表现有点讶异。

但是，比起直奔保险柜的少将和冷淡的志摩子来，还有一个人的表现更加让人匪夷所思。

那就是结城家的男仆常老头。他也听到了吵嚷声，比我们晚一些赶到书房。可不知怎么想的，他一进书房，就从围在弘一身边的我们背后绕过，朝着那扇打开的窗户跑去，扑通一下坐在了窗边。慌乱之中，谁也没有注意到老仆人的举动，我无意中看到了，以为这位老人被吓傻了呢。他一直端坐在那里，眼珠子滴溜溜地瞧着慌乱的众人，也不像是被吓瘫的样子。

众人惊慌失措的时候，医生赶来了。随后，镰仓警署的司法主任波多野警部也带着下属赶到了。

弘一在母亲和志摩子小姐的陪同下，被抬上担架送往镰仓外科医院。此时他虽然已经恢复了意识，但他天生柔弱，被伤痛和恐惧吓得像婴儿似的眉头紧蹙，半癫狂地大哭不止。因此，波多野警部询问罪犯的体态样貌，他也答不出来。他的伤虽然不会危及生命，但脚踝骨完全粉碎，伤势很重。

调查结果表明，此次行凶乃盗贼所为。盗贼从后院潜入室内，正在偷窃财物时，突然弘一进了屋（大概他还追赶过盗贼，因为他倒地的位置并不在门口），盗贼惊恐之下掏出随身携带的手枪朝弘一开了枪。

大办公桌的抽屉全被拉开，里面的文件等散落一地。但是少将表示，抽屉里并没放什么特别重要的东西。

那张桌子上还扔着少将的一个大钱包。令人费解的是，里面装着的厚厚一沓钞票，一张也没有少。

那么，究竟什么东西被盗了呢？要说这盗贼还真是够邪门儿的，他拿走了摆在桌子上的小金钟（而且就在钱包旁边），还有桌上的金笔、金边怀表（连同金表链），以及最值钱的一套金制烟具（摆放在房间中央圆桌上，他只拿走了烟盒和烟灰缸，留下了红铜点烟盘）

等几样物件。

以上就是被盗走的所有东西。经过再三检查，也没有发现其他丢失的物品。保险柜里的物品也分毫未少。

总之，这个小偷对其他东西不屑一顾，只将书房里的所有金制品扫荡一空。

"这家伙不太正常，可能是黄金收集狂之类的。"波多野警部露出很不理解的表情。

## 二、消失的脚印

　　这个小偷真是让人摸不着头脑，放着装有一沓钞票的钱包不拿，偏偏执着于不太值钱的钢笔和怀表之类的。盗贼到底是怎么想的，让人猜不透。

　　警部问少将，那些金制品除价格昂贵外，有没有具有特殊价值的东西。可是，少将说他想不出有什么有特殊价值的东西。只有那支金笔是他任某师团的连长时，该部队的一位上司送给他的，因此对少将来说，具有金钱无法替代的价值。还有那个金座钟，虽然只有二寸见方，却是他去法国旅行时，特地从巴黎买回来的纪念品，那样精巧的物件实在不可多得，少将惋惜不已。这两样物品对盗贼来讲，应该不会有什么特殊意义。

　　波多野警部便从室内到室外，按顺序进行了缜密细致的现场勘查。他抵达现场时，距离开枪已经过了二十分钟。因此，他没有蠢到匆匆忙忙地去追赶盗贼。

　　后来才知道，这位司法主任是犯罪搜查学的忠实拥趸，是一位将科学的缜密性奉为办案最高宗旨的特立独行的警官。据说他过去在偏远乡村里做小刑警时，为了将地上的一滴血痕完整保留到检察官或上司到达现场，竟然在血迹上扣了只碗，用木棍整夜敲击碗四周的地面，以免血滴被蚯蚓吃掉。

正是凭着这样细致周密的办案风格，他升到了现在的职位。因此，他的勘查一向毫无疏漏，无论是检察官还是预审法官，对他的调查报告都是百分百地信任。

没想到，就连这位行事严谨的警部进行的周密搜查，也没有在屋里发现一根毛发。因此，玻璃窗上的指纹和屋外的脚印就成了仅有的线索。

正如人们一开始猜想的那样，为了拔出插销，盗贼用玻璃刀和吸盘切割了一块圆形玻璃。在等待专业人员到场提取指纹的时间，警部用随身带的手电筒照亮窗外的地面寻找线索。

幸好是雨后，窗外留下了清晰的脚印。那是工人常穿的软底鞋的印迹，橡胶鞋底的纹路犹如模具印上似的清晰可见。从这样两行脚印一直延伸到后院的土墙根来看，这应该是盗贼的出入之路。

"这家伙像女人似的，走路内八字啊。"听到警部自言自语，我才发现，那脚印的确都是脚尖比脚后跟要偏内侧。一般来说，O型腿男人十有八九走路内八字。于是，警部命手下把鞋拿来，他穿上鞋后，竟然翻过窗户跳到院子里，借助手电的光线，顺着橡胶脚印往前寻找。

看到这一幕，明知会给警部添麻烦，我还是按捺不住强烈的好奇心，立刻从日式房屋的檐廊绕过去跟在警部后面。我当然是为了查看盗贼的脚印了。

谁知跟过去一瞧才知道，干扰调查脚印的不止我一个。已经有人捷足先登了。就是同样受邀前来寿宴做客的赤井先生。不知他是何时出来的，脑子转得够快的。

赤井先生有什么来头，与结城家是什么关系，我对此一概不知。连弘一好像也不太清楚。此人二十七八岁，是个头发乱蓬蓬的瘦削男子，虽不爱说话，但脸上总是浮着微笑，充满神秘感。

他常来结城家下围棋，而且总是下到深夜，于是留宿一晚。少将说，赤井先生是他在一家俱乐部认识的棋友，与自己棋逢对手。那晚他虽然应邀出席了寿宴，但案发时，他不在二楼的大客厅，也许在楼下哪间客厅里吧。

不过，我因为一个偶然的机会，得知此人是侦探推理迷。记得做客结城家的第二天，我碰见赤井先生和弘一在发生此案的书房里聊天。赤井先生看着弘一搬进少将书房里的书架说着什么。由于弘一对推理非常痴迷（在此次案件中，他这个受害人也进行了推理），书架上排列着许多犯罪学和侦探故事等书籍。

他们好像在讨论国内外的名侦探，包括维多克[①]之后有真名实姓

---

[①] 佛朗科斯·尤根·维多克（1775—1857）：世界上第一位侦探。他曾是罪犯，之后成为巴黎警方的秘密线人，并成为法国设立的巴黎地区的犯罪搜查局的初代局长。著有《维多克回忆录》。

的侦探,以及杜宾之后小说中描写的侦探。弘一还指着书架上的《明智小五郎侦探谈》这本书,轻蔑地说这个人就喜欢纸上谈兵。赤井先生也频频表示赞同。他们二人是旗鼓相当的侦探迷,在这方面特别聊得来。

所以,这位赤井先生对这起案件饶有兴致,且先我一步来查看脚印,也就不足为怪了。

言归正传,波多野司法主任提醒我们两个碍事者"注意别踩到脚印",然后,继续默默地查看起了脚印。得知盗贼好像是越过矮墙逃跑的之后,警部去调查土墙外面之前,先折回小洋楼,对府里的人要了个什么东西。不久,他抱着一个做饭用的研磨钵回来,倒扣在一个最清晰的脚印上。这一招是为了回头提取鞋印时不受破坏。

真是个爱扣东西的侦探啊!

然后我们三人推开后院的木门,绕到了围墙外面。那一带是某户人家的地皮,无人进出,因而没有杂乱的脚印,只有盗贼的脚印非常清晰。

波多野晃动着手电,在空地上走了五十米左右,突然站定,很不解地喊道:

"怎么回事,凶手难道跳进井里了?"

听警部这么一说,我惊讶得说不出话来。仔细查看后,确实如他所说,脚印来到空地中央的古井旁就不见了。出发点也是这里。不论用手电怎么寻找,在古井周围十来米的范围内,没有看到一个其他脚印。而且那一带的土质并不是留不下脚印的硬土，也没有能掩盖脚印的杂草。

那圆形井口边缘的石灰都已脱落，看上去是口很可怕的老井。用手电向井里一照，看见开裂的石灰一直通到井底，井底混沌的反光大概是腐水。水面晃来晃去，犹如圆滚滚的怪物在游动。

盗贼从古井出现又消失在古井，实在令人难以置信。他又不是阿菊的幽灵①。但是，只要他没有从这里乘着气球飞上天去，这脚印便只能说明他进入了井里。

纵然是科学侦探波多野警部，这回似乎也一筹莫展。谨慎起见，他让部下拿来竹竿，伸进井里搅动了半天，也没有碰到可疑物体。可是，要说井里的灰泥墙上有什么机关通向地下洞穴的话，又实在荒唐至极。

"这么黑，看不清楚，明天一早再来调查吧。"

波多野自言自语着，转身朝府邸走去。

随后，在等待法院一行人到来之前，勤奋的波多野挨个儿听取了府内人员的陈述，还描画了一张现场平面图。为了便于理解，我用这张平面图来说明一下。

警部掏出随身携带的卷尺，对伤者倒地的位置（从血迹可知）、脚印的步幅、往返时的脚印间隔、小洋楼的房间布局、窗户的

---

① 日本著名的妖怪，原为女仆，受人陷害死于井中，成为经常在水井中出现的幽灵。

位置，以及院子里的树木、水池、围墙的位置等不怎么重要的地方，都细致入微地进行了测量，并在笔记本上画出了平面图。

其实，警部这样做绝不是无用功。在外行看来可有可无的做法，后来证明缺一不可。

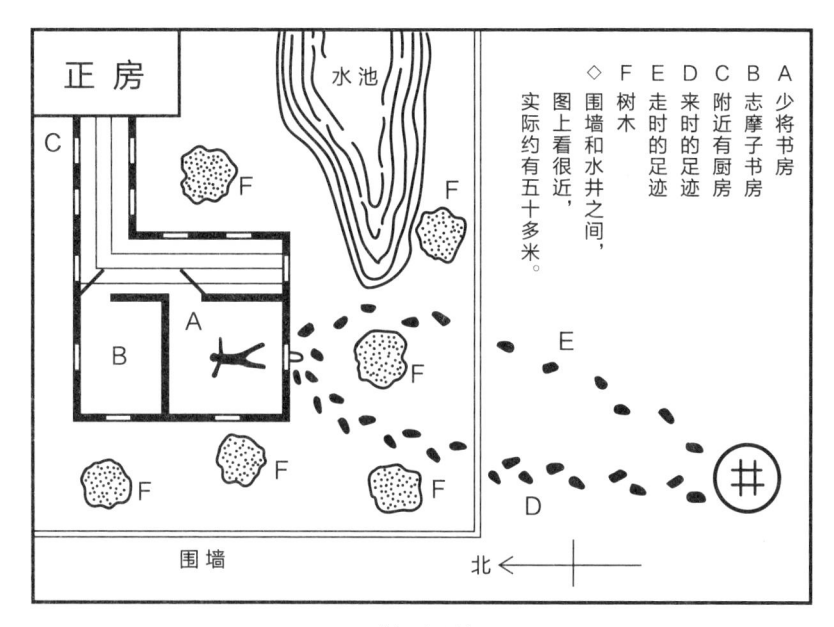

现场平面图

A 少将书房
B 志摩子书房
C 来时的足迹
D 走时的足迹
E 附近有厨房
F 树木
◇ 围墙和水井之间，图上看很近，实际约有五十多米。

这是我模仿当时警部画的平面图画的，为了各位读者公布在这里。由于这是在破案之后我根据结果制作出来的图，所以不如警部的那张图正确，但是与破案有重大关联之处，此图都准确无误，甚至有几分夸张地描绘出来了。

事后我们才知道，这张图出人意料地说明了有关犯罪事件的种种

155

信息。举个简单的例子，就是盗贼的往返脚印图。此图不单暗示了他走路像女人似的内八字，还看出脚印D的步幅较小，而脚印E的步幅比D宽一倍，说明D是盗贼潜入时小心翼翼走路留下的脚印，E则是他开枪后，慌张逃离时快跑的脚印。也就是说，D是进入，E是返回（波多野精确测量了往返两行脚印的步幅，计算出了盗贼的身高，在此基础上记录下了该数字，在此就不赘述了）。

这不过是其中一例。这张脚印图还有其他含义。此外，有关伤者的位置等两三个地方，后来才知道，也产生了重大的意义。为了按顺序说明，我现在先不涉及这些问题，请各位读者暂且牢牢记住这张图。

下面再简要介绍一下对府内人员的调查情况，首先接受询问的是案件第一目击者甲田伸太郎。

他比弘一早二十分钟离席，从正房的二楼下来，进入洗手间，出来后去了玄关，打算吹吹凉风，让自己醒醒酒，之后打算返回二楼的宴席，沿着走廊往回走时，突然听到了枪声和弘一的呻吟声。

他马上跑到小洋楼，发现书房的门半开着，没有开灯，里面一片漆黑。当他说到这里时，警部不知为何叮问道：

"肯定没有开灯吧？"

"是的，弘一大概没来得及按开关。"

甲田回答。

"我跑到书房后，首先按下墙上的开关，打开了灯。然后就看到弘一满身是血,昏倒在房间中央。我连忙跑回正房,大声呼喊家里的人。"

"当时你确实没有看到盗贼吗?"

警部又问了一遍第一次询问时问过的问题。

"没看到。估计已经逃到窗外了。窗外一片漆黑……"

"除此之外有什么可疑的地方吗?微不足道的事也行。"

"嗯……好像没有。哦,对了,倒是有件小事。我记得跑到那里时,突然有只猫从书房里蹿了出来,把我吓了一跳。久松那家伙像颗子弹似的蹿了出来。"

"久松是猫的名字吗?"

"对,它是这家里的猫,是志摩子小姐的宠物。"

警部听到这里,露出一脸失望。终于有了个在黑暗中也能看清盗贼长相的目击者,只可惜猫不会说话。

之后,结城家的每个人(包括仆人)、赤井先生、我以及其他客人都接受了问话,可是没有一个人的回答有特别的信息。夫人和志摩子小姐因为陪同弘一前往医院而不在场,第二天才接受了警部的询问。但我后来听说,志摩子小姐当时的回答有点与众不同,在此顺便说一下。

警部照例抛出"微不足道的事也行"的引导问话之后,她这么回答:

"也可能是我想多了,好像也有人进过我的书房。"如前图所示，她的书房紧挨着发生凶案的少将的书房。

"虽然没丢什么东西，但我的书桌抽屉像是被人打开过。昨天傍晚，我确实把日记本放进抽屉里了，可是今早一看，却摊开在桌子上。抽屉也是开着的。家里不论女仆还是其他人，都不会随意动我的抽屉，所以觉得有点怪……只是一件不值一提的事。"

警部对志摩子的话并没有太在意，但过后想来，日记本这件事也有其深意。

言归正传，此番询问过后没多久，法院一行人终于抵达。还有专家前来提取指纹。但是，并没有获取比波多野警部更多的信息。关键的窗玻璃被布擦过，没发现一个指纹。就连窗外散落一地的玻璃碎片上也没有发现指纹。就凭这一点，便可知道这盗贼不简单。

最后，警部命令部下获取了用研磨钵罩着的脚印模型，小心翼翼地带回了警署。

警察等人走后，所有人就寝时已是半夜两点左右了。我和甲田把床铺并在一起睡觉，但我们都兴奋得无法入眠，几乎整晚辗转反侧。但不知为何，我们没有对案件谈论一个字。

### 三、金灿灿的赤井先生

次日清晨，爱睡懒觉的我五点就起了床，想在朝阳下重新查看那些不合常理的脚印。说起来我也是一个少有的猎奇者。

因为甲田还在睡梦中，所以我尽量不发出声响地打开廊檐的套窗，穿上木屐绕到了小洋楼外面。

令人吃惊的是，又有人抢在了我前面。依然是赤井先生，他总是先我一步。但是，他并没有查看脚印，而是在看其他什么东西。

他站在小洋楼南侧（有脚印的那一侧）的最西边，躲在建筑物后面，只露出脑袋窥视西侧偏北的方位。不知他在看什么，从那个角度，能看到小洋楼后面的正房的厨房入口。门外，只有一个常老头为打发时间弄的花坛，其实也没有种什么美丽的花。

被人抢占先机，我有点不快，就想吓唬他一下，便蹑手蹑脚地靠近他背后，冷不丁地拍了他的肩膀一下。没想到把他吓得一哆嗦，猛地回过头，高声喊道："哟，原来是松村啊！"

这叫声差点儿把我吓破胆。赤井为了把我打发走，跟我聊起没意思的天气来。

我越发觉得他可疑，终于忍耐不住，哪怕得罪他也无所谓了，一把推开他，走到他刚才站的地方，往北看去，但并没有看到什么可疑之物。只看见一向早起的常老头已经在打理花坛了。赤井先生刚才那么专注，到底在看什么呢？

我疑惑地望着赤井先生的脸，他只是莫名其妙地嘻嘻笑着。

"你刚才在看什么呢？"

我硬着头皮开口问道。

"什么也没看呀。对了，你是来查看昨晚的脚印的吧。怎么，我猜错了？"

竟然被他给岔开了，没法子我只好说"是的"。

"那我们一起去看看吧。其实我也正要去看呢。"他邀请道。

但我马上意识到他在说谎。因为一来到围墙外面，就看到地上有四行赤井先生的脚印，即两行往返的脚印。其中一行脚印，一看便知是今早在我之前来调查时留下的。还说什么"正要去看"，明明已经仔细查看过了。

我们走到古井边，在四周查看了一会儿，与昨夜的情况并无不同。脚印确实从古井开始，最后又终止于古井。除此之外，便是昨晚来这里调查的我们三人的脚印。说得再详细一些，还有一只大个头野狗在这一带转悠留下的痕迹。

"这些狗的爪印要是胶底鞋印就好了。"

我自言自语着。这是因为狗的爪印是从与胶底鞋印相反的方向来到井口，绕了几个圈后，又原路返回了。

此时我忽然想起一则外国的真实凶案，是在一本旧《斯特兰德杂志》上读到的。

在荒郊野外的一户人家里发生了杀人案，被害者是一位独居的单身汉，而凶犯肯定是从外面侵入的。让人百思不得其解的是，凶案发生前雪已经停了，但雪地上居然丝毫没有留下人的脚印。除了凶犯杀人后便人间蒸发，没有其他解释。

虽然没有留下人类的脚印，却有其他足迹。那是一匹马的蹄印，说明有一匹马来过那户人家。

于是，人们怀疑被害人是被马踢死的，但随着调查逐渐深入，最终发现是凶手为了隐藏脚印，在自己的鞋底钉上了马掌。

我由此联想到这些狗的爪印，说不定也和那起案子是一样的性质。

看足迹是一条很大的狗。如果一个人用四肢爬行，在手脚上绑上狗爪的模型，留下这种爪印也并非不可能。而且从土壤的干燥程度等判断，留下爪印的时间，恰好与胶鞋印男人的足迹在同一时间段。

我说出这一想法后，赤井先生用挖苦的语气说：

"你真像个名侦探啊！"说完又默不作声了。真是个奇怪的人。

慎重起见，我追逐爪印走到荒地对面的马路上。因为是石子路，留不下任何足迹，但我推测"狗"一定会沿着那条路朝左或朝右跑掉的。

我毕竟不是侦探，爪印一消失，下一步该怎么做，完全一头雾水。好不容易闪现的灵光，也只能到此为止了。事后才知晓，真正的侦探原来是那样探查的。

过了一小时，波多野警部如约再次前来调查，却没发现什么值得一提的线索。

吃过早餐，我和甲田觉得不宜在这是非之地逗留，便先行离开了结城府邸。我心里虽然挂念着案件侦破的进展，却不好独自留下。再说，想过来随时可以从东京过来。

回家的路上，我去医院看望了弘一，结城少将和赤井先生也在那里。结城夫人和志摩子小姐在医院过了一夜，但整晚没有合眼，脸色苍白。我未能见到弘一本人，只有他的父亲被获准进入病房，看来他的伤情比想象的严重得多。

隔了两天，我前往镰仓探望弘一，顺便了解后来的情况。

弘一手术后的高烧已退，脱离了危险期，但身体非常虚弱，连说话的力气也没有。那天正好波多野警部前来询问弘一是否记得犯人的样子，弘一回答：

"除了手电筒的光和黑影，什么都不记得了。"这是结城夫人告诉我的。

出了医院，我顺便去结城家拜访少将，在回家的途中，我看到了匪夷所思的情景。那是以我的能力无法解释的现象。

离开结城家后，我出于好奇，无来由地记挂那口古井，于是穿过那片空地，在水井周围巡视了好久，然后走到那条狗的爪印消失的石子路上，绕了个远路走向车站。可是，从空地走出来不到一百米，又在街上碰见了赤井先生。真是冤家路窄。

他正从临街的一户富裕人家的格子门里出来，老远看见我，不知怎么一扭头逃也似的快步走了。

他这一跑，我也来了气，加快脚步追赶上去。经过他刚才离开的那家大户人家时，我看了一眼门牌，上面写着"琴野三右卫门"。我用心记住了这个名字，继续追赶他。追了有一百多米远，终于追上了。

"这不是赤井先生吗？"

我跟他打了个招呼。他也不再装了，回头辩解般说：

"哎呀，你也来这边了？我今天也是来拜访结城先生的。"

他并没有提及去过琴野三右卫门家的事。

可是，我看到赤井先生回过头来时的样子，着实吓了一跳。他就像个首饰匠或裱糊匠的小学徒，浑身上下沾满了金粉。从两只手到胸前、膝盖都沾上了类似梨地[①]用的金粉。在夏日阳光的照射下，灿灿生辉。再仔细一瞧，连鼻尖上都是金色的，如同一尊佛像。不管我怎么追问，他一直含糊其词。

当时，对于我们来说，"金子"这东西，具有特别的意义。袭击弘一的盗贼，便是只偷金制物品的，即波多野所说的"黄金收集

---

① 梨地：日本漆器的一种工艺，相当于中国的洒金。

狂"。事发当晚，恰好也在结城府邸的居心叵测的人物赤井，而今浑身金粉地想从我面前逃走，实在是非同寻常之事。他怎么会是罪犯？可是，前几天他一连串不可思议的举止，以及眼前这金光闪烁的模样，无不令人生疑。

我们两人各怀心事，默默地往车站方向走去。我最终还是忍不住，把一直憋在心里的问题抛了出来：

"那个晚上，在枪声响起之前，你好像不在二楼的客厅里。那时你究竟去哪儿了？"

"我不能喝酒，"赤井好像等着我这个问题似的回答，"我当时感觉不舒服，就想到外面去透透气，正好烟也抽完了，打算出门去买烟。"

"是这样啊。这么说，你没有听到枪声。"

"是的。"

然后我们两人又陷入沉默。走了好一会儿，这回赤井开口说了句奇妙的话。

"在那口古井对面的空地上，事件发生的两天前，堆满了附近一个木材商的旧木材。如果那批木材没有卖光，就会妨碍我们看到狗的足迹了。你说是不是这样？这个情况，我是刚刚听说的。"

赤井先生煞有介事地说了些废话。

这难道是在掩饰自己的窘态，不然他就是个貌似聪明的蠢货。因为事件发生前两天，那里有没有存放木材，和事件没有一点儿关系，

也不可能因此而妨碍查找盗贼的脚印,这事完全是没有意义的。我这么一说,赤井先生仍旧装模作样地说:

"你既然这么说,那我就不说什么了。"

真是个神经兮兮的人。

## 四、病床上的业余侦探

那天,我就这样毫无收获地回了家。又过了一个星期,我第三次前往镰仓,因为我接到通知,弘一虽然还在住院,但已经基本康复了,叫我过去聊一聊。其实这一个星期,警方的案件调查是怎样进展的,我既没有得到结城家人的通报,也没在报纸上看到一点儿相关消息,因此,我对目前的情况一无所知。凶手应该还没被抓捕归案。

一走进病房,就看到弘一在母亲、护士以及人们送来的鲜花环绕之中,虽然脸色有些苍白,精神状态还不错。

"啊,松村来了,太好了!"

他一看见我,就高兴地向我伸出手。我握住他的手,祝贺他身体康复。

"可是,我这脚是治不好了,以后就成了丑陋的瘸子。"

弘一黯然说道。我不知该怎么回答。他母亲在旁边,忍不住直抹眼泪。

这样闲聊了一会儿，他母亲说要出去买东西，拜托我再陪伴一下弘一，然后就出去了。弘一又找借口把护士支开，我们两个可以无所顾忌地说话了。我们最先谈起的就是这起盗窃事件。

据弘一说，警察仔细打捞了那口古井，调查了出售与那个脚印相同的胶底鞋的店铺，然而，井底什么也没有找到，而那种胶底鞋极其普通，各家鞋铺每天都会卖出好几双，总之警方一无所获。

由于受害者的父亲是陆军省的大人物，波多野警部为了表达对当地权势者的敬意，经常来看望弘一。了解到弘一对查案很有兴趣后，竟然将调查的进展情况一一通报给他。

"所以，目前警察所了解的情况，我也都知道。要说这起案子实在是不可思议啊！盗贼的脚印突然消失在空地中央，神奇得就像侦探小说。而且，那家伙专偷金制品，这也让人想不通。你还听说其他什么消息没有？"

弘一不仅是受害人，而且素来爱好侦探，所以对这个案件显得非常感兴趣。

于是，我把他不知道的一些情况，比如赤井先生的种种异常举动、狗的足迹、事发当晚常老头坐在窗边的古怪表现等，一五一十地告诉了他。

弘一频频点着头，很紧张地听我说话，等我讲完后，他陷入了沉思。他一直闭着眼睛专注地思考，令人担心这会对他的身体造成不适。终于，他睁开眼睛，非常严肃地小声说：

"说不定这是一起超乎人们想象的极其邪恶的犯罪案件。"

"你的意思是说,这不是单纯的盗窃案?"

看着他那骇人的表情,我也不由得紧张起来。

"嗯,我觉得这绝不是普普通通的盗窃案件,而是让人不寒而栗的阴谋,是既可怕又让人作呕的恶魔干的。"

弘一躺在雪白的床上,脸庞瘦弱而苍白,他凝视着天花板,念叨着让人费解的话。盛夏中午的聒噪蝉鸣突然停了,房间里如梦中的沙漠般寂静。

"你到底在想什么?"

我有些害怕地问道。

"这个我现在还不能说。"弘一仍旧盯着天花板。

"因为这只是我的想象,而且这件事实在太可怕了。先让我好好想一想。已有的证据很多,这起案件里充满了匪夷所思的事实。但正因如此,隐藏在背后的真相,很可能出乎意料地简单。"

弘一的口吻像是在自说自话,说完后又闭上眼睛陷入了思考。

他的脑子里也许正在逐渐显现出一个可怕的真相,可是我根本想象不出那是什么。

"第一个疑点,是开始于古井又结束于古井的脚印。"

弘一边思索边分析起来。

"古井本身是否在暗示什么呢……不行,不能这么想。应该有其他的解释。松村,你还记得吧,我前几天请波多野给我看他画的现场平面图，我只记得几处要点，感觉那些脚印很蹊跷。窃贼像女人似的走路内八字虽然也很奇怪，这一点当然很重要，但是除此之外，我觉得还有一点更让人费解。我提醒过波多野，可他根本没有听进去，恐怕你也没有留意吧。我想说的是，往返的两行脚印是极不自然地分开一段距离的。在那种紧迫的场合，正常人都会选择最近的路线逃跑吧。换句话说，应该走两点之间最短的距离。可是看盗贼的两行脚印，是以古井和小洋楼的窗户为两个基点，跑出了两条弧形，仿佛那中间夹着一棵大树似的。我觉得非常离奇。"

这就是弘一的表达方式。由于酷爱侦探小说，所以他特别喜欢玩推理游戏。

"可是，那天夜里不是没有月光吗？而且盗贼是开枪打人之后慌忙逃跑的。来时和回去时走不同的路线，也没有什么不自然的吧？"

对于他固执己见的推理，我不太服气。

"不对，正因为是黑夜，才会留下那样的脚印。你好像有些误解。我的意思不只是说往返的两条路线不同，而且觉得往返的路线之所以故意（的确是故意的）分隔开，是由于盗贼很可能有意地不踩到来时的脚印。

"而且，由于是黑夜，盗贼才不得不更加小心翼翼地尽量隔开距离走路，这里面不就有玄机了吗？慎重起见，我特意请波多野先生确认了一下两行脚印有没有重合之处，结果一处也没有。在那样的黑

169

夜里，往返于两点之间的脚印，居然没有一处重合，你不认为这也太巧合了吗？"

"有道理。听你这么说，的确有点奇怪。但是，盗贼为什么如此辛苦地避开自己的脚印呢？没什么意义呀。"

"有意义呀。你想想接下来的这个问题。"

弘一像夏洛克·福尔摩斯那样，有意不说出结论。这也是他平日的习惯。

他虽然脸色苍白，气息不足，脚上还缠着厚厚的绷带，不时因疼痛而皱起眉头，但一谈起侦探的话题，就会表现出极大的热情。再加上他是这次事件的受害者，而且还感知到事件背后隐藏着某个可怕的阴谋，因此，他这样投入也可以理解。

"第二个疑点就是，被盗物品只限于金制品。盗贼对现金不屑一顾，这是何道理？我一得知这个情况，立刻想到了一个人物。这是我们这个地方只有极少数人才知道的秘密，事实上，连波多野警部也没有注意到他。"

"是我不知道的人吧？"

"嗯，你当然不知道了。我的朋友中，只有甲田知道。我曾经对他说过。"

"到底是谁呢？你是说他就是凶手吗？"

"不，我认为不是他。所以，我没有对波多野警部说起过这个人。你根本不知道他，对你说也没有意义。这不过是我的怀疑，也可能是我搞错了。因为如果是那个人的话，其他的疑点就解释不通了。"

说完，他又闭上了眼睛。这家伙就是喜欢吊人胃口。可是，我也没脾气，在此类推理方面，他确实胜我一筹。

我干脆以陪伴病人的心态，耐心地等着。终于，他猛地睁开双眼，眼眸散发着欣喜的光亮。

"你觉得被盗的金制品中最大的是什么东西？应该是那个座钟。它的尺寸是多少？差不多高五寸，长和宽各三寸。还有就是重量，有五百匁[①]左右。"

"我记得不太清楚，但听你父亲说，差不多是这样的。可是，座钟的大小和重量跟案件到底有什么关系呢？你又在说胡话了吧。"

我担心他是不是在发烧，本想伸手摸摸他的额头，但是看他的脸色，不像是发烧，只是太兴奋了。

"这才是最关键的一点，我是刚刚才注意到的。因为被盗物品的大小和重量都具有重大的意义。"

"你是想说盗贼能否拿得走吗？"

然而，事后一想，我这个问题问得太愚蠢了。当时他没有回答我，却又说了一句奇妙的话。

"松村，劳烦你转身把花瓶里的花取出来，然后把花瓶从窗子

---

① 匁：日本旧制重量单位。1匁等于3.75克。

里朝着围墙用力扔过去,好吗?"

他这个要求也太过分了。弘一要我把装饰在病房里的花瓶扔到窗外的围墙上。那个花瓶只是一件高五寸的瓷器,不是什么特别之物。

"你说什么呢?这么一扔,花瓶不就摔碎了吗!你是不是疯了?"

我真的以为弘一的脑子出问题了。

"摔碎了也没关系,反正那花瓶是从我家里拿来的。快点扔吧!"

见我还在踌躇,他急了,想要从床上爬起来。这可不行,他现在的身体只能躺在床上,医生不允许乱动的。

尽管觉得很疯狂,但为了不刺激病人的情绪,我只好服从他无厘头的要求,瞄准窗外六米远的水泥围墙,使出最大力气扔出了那个花瓶。花瓶撞到了围墙上,摔得粉碎。

弘一抬起头看到花瓶摔碎后,才露出安心的神情,浑身无力地躺了下去。

"不错,不错,这样就行了。谢谢啦。"他满不在乎地说道。

我直担心有人听到刚才的声音,会进来责怪我们呢。

"对了,再来说说常老头的诡异举动吧……"弘一突然换了个话题。他的思维似乎失去了连贯性,我有些替他担心了。

"我认为,这个问题或许会成为破解此案最有力的线索。"他根本不在乎我的脸色,继续说道。

"所有人都跑到书房里时，只有常老头走到窗边一屁股坐下了。很有意思吧。松村，你明白吗？这里面肯定有问题。常老头又不是疯子，不会无缘无故那样做的。"

"当然是有原因的。正因为不知道是什么原因，我才觉得奇怪。"

我有些恼火，硬邦邦地回答。

"我倒是猜到了。"弘一嘿嘿一笑，"你回想一下，第二天早晨，常老头在做什么。"

"第二天早晨？常老头？"

我不明白他的意思。

"怎么回事，你不是看到了吗？当时你满脑子都在琢磨赤井，所以没留意他。你刚才不是提到了吗？你说赤井朝小洋楼的对面窥探。"

"嗯，他也很奇怪啊。"

"你不要把二者分开来想。有可能赤井窥探的不是别的东西，正是常老头呀。"

"啊，我没想到啊！"

我居然没有意识到，真是太粗心了。

"常老头当时在收拾花坛，对吧？可是，现在那个花坛里并没有开什么花，也不是下种的时节。他此时打理花坛，你不觉得奇怪吗？倒不如认为他在做其他事情更合理。"

"其他事情？"

"你想想看，那天晚上，常老头在书房的窗边坐了好半天，第二天早晨去整理花坛。把两件事情结合起来考虑，只能得出一个结论，就是常老头藏匿了什么东西，对吧？

"至于藏了什么东西，为什么要藏起来，我就不知道了。但我可以肯定的是，常老头要将某个东西藏起来。他坐在窗户下，一定是为了掩盖置于膝下的那个东西。而且，常老头想要隐藏什么东西的话，离厨房最近，又最不让人怀疑的场所就是那个花坛，因为他可以利用整理花坛之便呀。我想要拜托你一件事，你能不能现在立刻去我家，悄悄地把那个东西从花坛里挖出来，给我拿过来。至于埋在哪里，看泥土的颜色便一目了然。"

我对于弘一的明察秋毫真是无话可说。我亲眼看到却不明所以的现象，他竟在倏忽之间解决了。

"我可以去。不过，你刚才说这不仅是普通的偷盗行为，还是恶魔的行径。你这么说有什么确凿的证据吗？还有一点我不明白，就是为什么刚才让我把花瓶打碎。我去之前，能不能给我说明一下？"

"这个嘛，这些都是我的想象而已，而且是天机不可泄露的事。你现在先不要问了吧。你只需要记住，如果我的猜测没有错，这次事件是远比表象更加恐怖十倍的犯罪案件。不然我这个病人又何必这样焦虑不安呢！"

于是，我拜托护士照看他，暂时离开了医院。刚要走出病房时，我听到弘一像哼歌似的用德语哼着"搜出女人,搜出女人……"。

我造访结城家的时候,已是黄昏时分。少将不在家,我和学仆打了招呼后,找机会若无其事地来到院子里。我在花坛里挖了挖,果然不出弘一所料,挖出了一个奇怪的东西,那是个很旧的廉价铝制眼镜盒,肯定是最近埋的。我留意着常老头,悄悄地将这个眼镜盒拿给一个女佣人看,问她这是谁的,竟意外了解到,这是常老头用来装老花镜的盒子。女佣说盒上有记号,不会错。

原来常老头埋藏的是他自己的东西。这也太奇怪了!即便这东西丢在了犯罪现场,若是他自己的东西,为什么要埋在花坛里,继续使用也没问题呀。平常使用的眼镜盒突然不见了,不是更不合常理吗?

我百思不得其解,便决定先把它拿到医院交给弘一。我叮嘱女佣此事绝对不可告诉别人后,准备返回正房时,中途又碰到一件无法解释的事情。

那时,天已经黑了,连脚下都看不清楚。正房的遮雨窗紧紧关闭着。由于主人不在家,小洋楼的窗户也是黑乎乎的。这时,有个人影穿过这昏暗的院子,朝我这边走来。

等对方走近一看,原来是穿着一件衬衫的赤井先生。主人不在家,且天色已晚,他在这个时候穿得如此随意来这里干什么呢?他看到我时,吃惊地站住了。不知怎么搞的,只见他赤着脚,只穿了件衬衫,腰部以下都湿漉漉的,沾满了泥。

"你这是怎么了?"

175

我这么一问,他不好意思地辩解道:

"钓鱼的时候,不小心脚一滑,掉进水池里了。那个水池里的淤泥可真够深的……"

## 五、被逮捕的黄金迷

不多久,我再次回到了弘一的病房。他的母亲刚刚回家,正好和我错开,没有见到。只有护士无所事事地守在他枕边。

一看到我,弘一就打发那个护士离开了。

"就是这个。你推测得对,花坛里埋了这个东西。"

说着,我掏出眼镜盒放在床上。弘一一看,露出非常吃惊的样子,喃喃着:

"啊,果不其然……"

"果不其然?难道说你知道他埋的是这个东西?但是我问了女佣人,她说这个盒子是常老头的眼镜盒。常老头为什么非要把自己的东西埋了呢?我完全搞不明白。"

"这个的确是常老头的东西,但其中另有缘由。原来你不知道那件事啊。"

"什么事啊?"

"如此看来,已经没有怀疑的余地了。太恐怖了……那家伙居然干出那样的事来……"

弘一也不回答我的问题，极其兴奋地喃喃自语着。可见他已经知道凶手是谁了。"那家伙"究竟说的是谁呢？我正想问个明白的时候，有人敲门。

来者是波多野警部。弘一住院以来，他已经来过多次了。他对于结城家怀有超出职责之外的关心。

"看来精神好多了！"

"是啊，托您的福，一切顺利。"

例行寒暄过后，警部稍稍严肃地说：

"这么晚前来打搅，是因为发生了一件紧急的事情，要马上通知你。"

然后，他盯着我看。

"这是松村，您也见过，他是我的好朋友，不用介意。"弘一催促他继续说。

"其实也不算是秘密，那我就直说了。我们已经查明了凶手，今天下午逮捕了他。"

"什么？凶手已经抓到了？"

弘一和我同时叫起来。

"他是谁？"

"结城，你知道这地方有个叫琴野三右卫门的地主吗？"

果然和琴野三右卫门有关系。

——读者还记得可疑的赤井先生，曾经浑身沾满金粉地从这个三右卫门家出来的事吧。

"是的，我知道。那么……"

"他有个精神不正常的儿子，名叫光雄。平时被关在屋子里不让出来，所以你可能不知道他，我也是今天才知道的。"

"不，我知道。您认为他就是凶手？"

"是的。我们已经逮捕了他，并且进行了讯问。由于精神有问题，他交代得并不具体。他得的这种精神病很少见，叫黄金收集狂，非常执迷于收藏金色物品。我看过他的房间简直惊呆了。整个房间就像佛龛那样金光闪烁，有镀金的，也有黄铜粉或金箔，无关含金多少，凡是金色的物件，从画框、金箔纸到金屑，他概不放过。"

"这个我也听说过。那么，您的意思是说，因为是个黄金收集狂，所以他只偷走了我家的金制品？"

"没错，就是这样。放着钱包不拿，只偷金制品，就连不太值钱的钢笔都没落下，这不符合常理。起初我就觉得这个事件中散发着某种病态的气息，果然是个精神病人。而且是个黄金收集狂，这不就对上号了吗？"

"那么，搜到被盗物品了吧？"

不知为什么，我隐约感觉弘一的话里含有讽刺的味道。

"暂时还没有找到。我们搜查了他的房间，但没有什么发现。不过，他是个精神病人，所以很可能把东西藏在人们想不到的地方吧。我们还会继续搜查的。"

"还想问一下，事发当晚，那个疯子从家里溜出来过，这你们确认了吗？他家里人没有发现吗？"

弘一这样刨根问底，波多野显得有些不悦。

"经过调查，他家里人都不知道他偷偷出去了。不过，这个疯子是单独住在后面的独立房间里，所以跳窗户、翻围墙出去的话，就能神不知鬼不觉地溜出来了。"

"有道理，有道理。"弘一的口吻越加讥讽了，"对了，关于那些脚印，就是出于古井又终于古井的脚印，是怎么回事呢？我认为这是很重要的疑点。"

"我现在好像在被你审讯似的。"

警部瞅了我一眼，很豪爽地笑了笑，但看得出心里很不快。

"这方面的事，你就不必费心了。警察和法院会进行调查的。"

"哎呀，您不要生气，我是受害者，是否也可以让我了解一下有关情况呢？"

"恕我无可奉告。因为你问的都是一些我们还未查清楚的疑点。"警部无奈地笑着说，"那些脚印也是如此，眼下还在调查。"

"这就是说，确凿的证据一个也没有？只有黄金收集狂和被盗金制品的偶然一致。"

弘一不客气地说。我在旁边听着，为他揪着心。

"你说什么，偶然一致？"富有耐心的波多野也被他这句话惹火了,"你凭什么这么说?你的意思是说,警察判断错了?"

"是的,"弘一直截了当地回答,"警察逮捕了琴野光雄,显然是抓错人了。"

"你说什么?"警部惊讶得呆住了,但还是继续追问,"难道你有证据?否则,可不能乱说。"

"证据可就多了。"

弘一坦然地回答。

"太好笑了!案件发生以来,你一直躺在这里,怎么收集证据的?我看你的身体还没好利索呢,都是胡思乱想!是麻醉药的作用吧。"

"哈哈哈哈……您是不是害怕了?害怕您的失策被我揭穿?"

弘一终于彻底激怒了波多野。即便对方是个年轻人,还是病人,可说话这么不客气,他自然不会甘拜下风。警部恼羞成怒,"嘎吱"一声把椅子往床前拉过来。

"那我可要讨教了。你认为,谁才是犯人呢?"

警部咄咄逼人地问道。而弘一并不急于回答,而是仰头面朝天花板,闭目沉思,也许在整理思绪。

他刚才对我说过,他知道有一个很容易被怀疑的人物,但此人并不是真正的罪犯。这个人物就是号称黄金收集狂的琴野光雄。他的确是个非常可疑的人物,可是如果他不是真正的罪犯,那么弘一到底在怀疑谁呢?莫非还有另一个黄金收集狂吗?有可能是赤井先生。事件发生以来，赤井先生的一举一动无不让人生疑，他还曾经从琴野三右卫门家满身金粉地走出来。他不正是其他意义上的"黄金狂"吗？

但是，我离开医院去结城家查看花坛前，听到弘一说出了一句奇怪的话，就是那句德语"搜出女人"。这话的意思，也许是说，该案的背后涉及一个女人。对了，说到女人，立刻出现在我脑海里的是志摩子小姐，难道她和这起案子有牵连？嗯，说起来盗贼的脚印是内八字，像女人走路。而且，枪响后，那只叫久松的猫就从书房里跑出来了。久松正是志摩子小姐的宠物。由此推断，莫非是她？不可能。不可能。

此外，还有一个可疑的人，就是老仆常老头。他的眼镜盒确实掉在了犯罪现场，而且他还特意把它埋到花坛里。

当我思索这些事情的时候，弘一突然睁开双眼，转身面对等候已久的波多野，压低声音语速缓慢地分析起来。

"琴野家的儿子瞒着家人偷偷离开家或许能够做到，但是无论多么疯癫，他走路也不可能不留下脚印。对于消失在古井边的脚印，您如何解释呢？这是能否破获这起案件的根本问题。避开这个问题去寻找犯人，也太随意了。"

说到这里，弘一停下来调整气息。不知是不是因为伤口疼，他紧锁眉头。

他的分析很有逻辑性，且充满自信，警部似乎被镇住了，静静地等着他说下去。

"这位松村，"弘一又开了口，"关于脚印的疑点，提出了一个非常有趣的推理。不知您是否知道，古井的另一侧有狗的足迹，那足迹仿佛接替胶底鞋印，一直延伸到对面的石子路上。松村推测，盗贼是将狗爪印的模子套在手和脚上，四肢爬行逃走的。这个推测有趣是有趣，却非常不切实际。您说，这是为什么呢？"他看着我说，"如果犯人能够想到利用狗的足迹，又何必在窗户到古井这段路上留下真的脚印呢？这样一来，他费这么大劲想出来的妙计，岂不是白费了吗？故意留下一半的狗爪印，即便是精神病人，也是不可能的。再者说，精神病人也不可能想出这种复杂的手法。因此，很遗憾，这个推理是不成立的。那么，脚印的疑点依然未能破解。

"不过，波多野警部，前两天您给我看的那张您画的现场平面图，您带来了吗？我认为，那张图中，就隐藏着破解脚印的钥匙。"

波多野恰好随身带着平面图，就从口袋里取出笔记本，打开画图那页，放在弘一枕边。弘一继续他的推理。

"请看。刚才我对松村已经说过了，这两行往返脚印之间的间隔太宽了，很不正常。您认为，凶手在急忙逃跑时，会这样绕行吗？还有一点，即往返的脚印没有一个重合，这也很不正常。您明白我的意思吗？这两个不正常，说明了一个事实，即凶手是故意不让脚印重合，而小心翼翼地走路的。那么，要想在黑暗中确保脚印不重合，他就必须这样刻意拉开距离走路。"

"有道理。脚印没有一个是重合的，这一点的确不正常。也许如你所说，他是故意而为。但是，这样做究竟为了什么呢？"

波多野警部提了个愚蠢的问题。弘一故意吊他的胃口。

"这个问题您想不明白，是因为您陷入了无可救药的心理错觉。就是说，您固执地相信步子小的是来时的脚印，步子大的是去时的脚印，因此，脚印就变成出发于古井终止于古井了。"

"噢，你是说，脚印并不是起于古井止于古井，反倒是始于书房回到书房了？"

"是的，从一开始我就这么想的。"

"不对，不对，"警部沉不住气了，"你的看法有一定道理，但也有很大的缺陷。既然盗贼的设计如此细密周全，他为何不一直跑到对面的石子路去呢？也没有几步路了。脚印中途消失的话，岂不是弄巧成拙，前功尽弃？那么聪明的家伙，怎么会犯这样愚蠢的错误呢？你怎么解释这一点？"

"要问理由，实在不值一提，"弘一对答如流，"因为那天晚上太黑了。"

"太黑了？难道就因为是黑夜，盗贼能走到古井，却不能再多走几步到石子路上吗？没有这个道理。"

"我不是这个意思，而是说犯人误认为从古井开始往前就没有必要留下脚印了。这是可笑的心理误判。您可能不知道，事发两三天前，差不多有一个多月，从古井到对面的空地上堆满了旧木材。盗贼由于看惯了这些旧木材，最终导致了失误。因为他不知道木材已被运走，误以为那晚木材仍在那里。因此，他觉得地上有木材，就不会留下足迹，没有必要特意走过去。也就是说，黑夜使他犯下了很大的失误。说不定他的脚碰到古井边的灰泥时，以为那是木材。"

啊，他的分析真是太简单明了了。我也看到过那堆旧木材，何止看到过，前两天我还听赤井先生意味深长地提到过旧木材的事呢。尽管如此，躺在病床上的弘一能做到的推理，我却做不到。

"那么，你是说那些脚印，不过是让人们以为盗贼是从外面潜入你家的伎俩，也就是说，犯人就隐藏在结城府邸里了？"

即便是波多野警部这样的办案老手也不得不放低姿态，想让弘一尽快说出真正的罪犯的名字。

## 六、算术的问题

"假如脚印是伪装的,只要罪犯没有逃出天外,只能认为他就在我家里。"弘一继续进行推理,"第二个问题就是,这家伙为什么专偷金制品,这一点非常有趣。一是因为盗贼知道有个嗜好黄金的琴野光雄,便伪装成黄金狂的行为来作案,故意留下两行脚印也是出于同一动机。然而还有一个奇怪的理由,这个就与金制品的大小和重量有关了。"

我已经第二次听他这样说,不觉得什么,但波多野听到这个说法后似乎异常吃惊,一直盯着弘一,说不出话来。病床上的业余侦探自顾自地接着说:

"这张草图,恰好说明了这一点。波多野先生,您在画小洋楼外面的水池时,并没有什么特别的用意吧?"

"你的意思是?啊,你……"警部显得非常吃惊,半晌才半信半疑地说,"怎么可能,不会吧?"

"如果盗贼是为了偷窃昂贵的金制品而来,是很正常的。而且他偷走的都是体积小又有分量的东西。

"他制造出盗贼逃跑的假象,实则把东西扔进水池,不是最理想的吗?松村,刚才我让你扔花瓶,是因为那花瓶和被盗的座钟差不多重。我想实验一下能够扔多远。也就是说,我想知道被盗物品会沉入水池的什么位置。"

"可是,罪犯为什么非要设计那么烦琐的假象呢?你说他是为了伪造成偷盗案,那么他这么做到底想要掩盖什么呢?除了金制品,并没有丢失其他东西。你认为罪犯的真正目的究竟是什么呢?"警部问。

"这不是明摆着吗?杀死我,就是罪犯的目的!"

"什么,杀死你?那个人到底是谁?为了什么?"

"请少安毋躁。要说我为什么这么推测,因为从当时的情况看,盗贼完全没有必要对我开枪。趁着黑夜逃之夭夭,没有一点儿问题。即使是持枪作案的强盗,大多也只是用枪来恐吓对方,很少真的开枪。而且,盗贼充其量是偷金制物品,开枪杀人或者伤人对于盗贼来说很不划算,因为盗窃罪和杀人罪的判罚是迥然不同的。如此看来,当时那样开枪就很不合常理,难道不是吗?我就是从这一点产生怀疑的。我怀疑偷盗只是假象,其真正的目的很可能是杀人。"

"那么你到底在怀疑谁呢?有什么人对你怀恨在心吗?"

波多野越来越按捺不住了。

"这是道非常简单的算术题……起初我并没有怀疑任何人,不过是按照逻辑对各种证据进行推理，自然而然地得出了结论。至于这个结论是否正确，您只要实地勘查即可知道。比如说，水池里是否有被盗物品……刚才所说的算术题，即是二减一等于一这样显而易见的事。"弘一继续说。

"如果院子里仅有的脚印是伪装出来的，盗贼就只有经过走廊逃回正房这条路可走。可是，在枪响的刹那，甲田正好经过走廊。如你们所知，小洋楼的走廊只有一个出口，还亮着灯。盗贼想要在甲田的眼皮底下逃走根本不可能。隔壁志摩子的书房，你们当时也搜查过，几乎没有藏身之处。换言之，从理论上说，这起案子里罪犯根本不可能存在。"

"这一点我也意识到了。盗贼不可能逃往正房，因此得出了盗贼是从外面进来的结论。"波多野说。

"罪犯既不是来自外部，也不在内部。如此一来，剩下的人，只有我这个受害人和第一发现人甲田了。受害人当然不会是罪犯，世上哪会有朝自己开枪的蠢货呢，所以最后就剩下甲田了。我所说的二减一的算术题就是这个意思，从两个人中减去受害者，剩下的人必然是加害者。"

"你是说……"

警部和我同时叫了起来。

"是的，我们都陷入了错觉。有个人一直藏身在我们的盲点里，他披着不可思议的隐身衣——既是受害者的好朋友，又是案件的第一发现者这件隐身衣。"

"你从一开始就知道是他吗？"

"不是，今天才知道的。那晚只看见了一个黑乎乎的人影。"

"虽说有这个可能，可是那个老实巴交的甲田真的……"

我实在无法相信他这个令人意想不到的结论，插嘴道。

"就是啊，我也不愿意将我的朋友搞成罪犯。但是我不实话实说，那个可怜的'黄金迷'就会蒙受不白之冤。而且，甲田绝非我们所想象的那样善良。看看他这次使用的手段，极尽邪恶奸佞之能事，不是正常人能想到的。他是恶魔！这是恶魔的行径！"

"你有什么确切的证据吗？"

不愧是警部，非常注重事实。

"因为除了他，没有能够实施这一犯罪的人，所以只能是他。这不是最好的证据吗？不过您若是要证据，也不是没有。松村，你对甲田走路的特征有印象吗？"

听他这么一问，我突然想到，甲田走路的确像女人那样是内八字。由于做梦也想不到甲田会是罪犯，我竟然把这事给忘了。

"对呀，我记得甲田走路是内八字啊。"

"这也是证据之一。不过，还有更确凿的证据。"

弘一从床单下面拿出了那个眼镜盒递给警部，详细讲述了常老头埋藏眼镜盒的整个情况。

"这个眼镜盒本来是常老头用的东西。但是假设常老头是罪犯的话,他根本没有必要把它埋到花坛里,若无其事地像往常一样使用就可以了,因为没有人注意到犯罪现场有眼镜盒。也就是说,埋藏眼镜盒反而证明他不是罪犯。至于常老头为什么埋藏眼镜盒,是另有原因的。松村,我们每天一起去海边玩,你怎么没有注意到那件事呢?"

据弘一说,甲田伸太郎戴近视眼镜,可是他来结城家时并没有带眼镜盒。虽说平时不需要眼镜盒,但是去泡海水浴时,要是没有眼镜盒,眼镜摘下来会没有地方放。常老头看在眼里,便把自己的老花镜盒借给了甲田。弘一、志摩子以及结城家的学仆等人都知道这件事情,我却没有发现。所以,常老头看到那个屋里的眼镜盒非常吃惊,为了帮甲田隐瞒,就把它藏起来了。

说到常老头为什么借眼镜盒给甲田,还为他遮掩罪行,是因为常老头曾深受甲田父亲的关照,而且他进结城家当佣人,也是甲田父亲介绍的。总之,他对恩人的儿子甲田总是关心备至,这个情况我倒不是不知道。

"可是,即便眼镜盒掉在现场,那常老头为什么马上怀疑是甲田呢?是不是有点奇怪啊?"

不愧是波多野,直指问题的要害。

"这是有原因的。我只要说明其原因,甲田杀人未遂的动机便昭然若揭了。"

弘一有些难以启齿似的说起来。

我把他的话归纳如下：弘一、志摩子和甲田之间是三角恋。从很早以前，弘一和甲田就为了争夺美丽的志摩子小姐而明争暗斗。正如我在故事的开篇提及的，他们二人的关系远比和我之间亲密多了。这是因为结城的父亲和甲田的父亲是相交多年的老友，而我对于他们二人心中的激烈较量几乎一无所知。我虽然大致知道弘一和志摩子小姐已经订了婚约，而甲田对志摩子并非毫不动心，但是做梦也没有想到，他们之间的争斗已经到了你死我活的程度。

弘一接着说：

"说来惭愧，没有旁人的时候，我们常常为一点儿小事争吵不休，甚至像小孩子似的扭打起来。在地上厮打翻滚的时候，彼此心里都在喊着'志摩子是我的，志摩子是我的'。最气人的是，志摩子的态度总是含含糊糊的。她从来没有明确表现出让其中一人对她死心的态度。也许由此甲田产生了杀掉我这个未婚夫，就可以得到志摩子的念头。常老头对我们之间的这种争斗知道得很清楚。事发那天，我俩还在院子里激烈争吵过，估计常老头也听到了我们争吵的声音。因此，他一看到那个眼镜盒，就凭着忠厚家仆的直觉，意识到了事情的严重性。因为甲田很少去那间书房，而且他听到枪响跑到书房时，打开门一看到我倒在地上，便立刻跑去正房了。所以，按说眼镜盒不应该掉在最里面的窗边。"

听他这样一说，一切都解释通了。对弘一清晰而严谨的推理，连波多野警部也提不出什么异议。接下来，只剩下确认被盗物品是否被沉入水池里了。

没过多久，波多野警部也收到了警署报来的喜讯。当晚，有人将从结城家水池底打捞上来的被盗物品送到了警察局。除了金制品，还有作案的手枪、与假脚印吻合的胶底鞋、切割玻璃的工具等。

想必读者也猜到了，从池底打捞出这些东西的人正是那位赤井先生。那天傍晚，他满身是泥地出现在结城家的院子里，并不是失足落进了水池，而是为了打捞被盗物品下到了池子里。

我还怀疑他是罪犯，真是错得离谱。其实，他也是一名优秀的业余侦探。

我对弘一说了这事之后，他说：

"他当然厉害啦，一开始我就注意到他了。他偷偷观察常老头掩埋眼镜盒，满身金粉地从琴野三右卫门家里出来等，都是在侦查案子。他所做的这些，对我的推理非常有参考价值。我们能发现这个眼镜盒，也是拜赤井先生所赐。刚才听你说赤井先生掉进水池里时，我大吃了一惊，猜想他或许已经发现水池底的秘密了。"

下面所讲述的，并不是我亲眼所见，但为方便起见，我还是按照顺序说明。从水池里打捞出来的胶底鞋，是和烟灰缸一起被包裹在手绢里的，也许是罪犯害怕鞋子太轻容易浮上来。手绢经确认，证实是甲田伸太郎的，根据是手绢边缘印有他名字的缩写"S·K"。大概他也没想到被盗物品会被打捞上来，所以疏忽了手绢上的标记。

翌日，甲田伸太郎以杀人未遂嫌疑人之名被警方逮捕。可是，别看他一副老实巴交的样子，却是个非常固执的人。无论警察怎么讯问，他就是不肯坦白交代。问他案发前在哪里时，他一言不发，拒不回答。这也说明了枪声响起时，他没有不在场证明。起初，他声称自己为了醒酒出了玄关，但是这个说法很快被结城家学仆的证词推翻了。那晚，有个学仆一直待在玄关旁的房间里。他说看到赤井先生出去买香烟了，并没有看见甲田出去。无论甲田怎样嘴硬，因证据完备，他无法狡辩。更何况他连不在场证明也没有，毫无疑问，他最终被起诉，将面临法律的审判。

## 七、沙丘后面

接到了弘一出院的通知后，大约过了一个星期，我再次造访了结城家。

结城家里仍然笼罩着忧郁的气氛。这也难怪，身为独生子的弘一虽然出了院，却变成了残疾人。弘一的父亲和母亲都向我诉说心中的苦恼，但最伤心的还是志摩子。听夫人说，志摩子大概是想要表达自己的愧疚之心，宛如贤惠的妻子，整天守在行动不便的弘一身边照顾他。

弘一的状态比我预想的要好，他仿佛忘记了那血腥的事件，向我谈起了他的小说构思。傍晚，赤井先生来探望他。我为自己曾经怀疑过他感到歉疚，所以热情地和他攀谈起来。对于这位业余侦探的来访，弘一也显得很高兴。

晚饭后，我们叫上志摩子，四个人一起到海边去散步。

"没想到拐杖这东西还挺好用的。你们看，我还能跑呢。"

弘一拄着拐杖跳着跑，和服下摆都裂开了。每当新拐杖头戳到地面时，便发出咚咚的声音。

"危险！危险！"

志摩子紧跟在他身边，担心地喊道。

"诸位，我们现在去由井滨海滩看演出吧。"

弘一兴致勃勃地提议。

"你走得了吗？"

赤井先生问道。

"没问题，八里地都能走，这儿离表演场子连四里地都没有。"

刚刚残疾的弘一，就像个刚学会走路的小孩子，很享受走路的乐趣。我们有说有笑地迎着凉爽的海风，走在月夜的乡间小路上。

途中，一时间大家都没有说话，四个人默默地往前走。这时，赤井先生好像突然想起了什么，咻咻地笑出声来。似乎是很好笑的事情，一直笑个不停。

"赤井先生，什么事这么好笑啊？"志摩子忍不住问道。

"没什么，很无聊的小事。"赤井先生仍然笑着回答。

"我刚才对人类的脚忽然冒出了奇怪的想法。按说，身材矮小的人，他的脚相应地也应该小才对。但是，我发现有的人虽然个子不高，脚却特别大。这不是很好笑吗？只有脚很大哦！"

赤井先生说着又咻咻地笑起来。志摩子出于礼貌跟着笑了笑，显然并不明白有什么好笑。赤井先生的言行举止很是古怪，真是个莫名其妙的人。

夏夜的由井滨海滩就像过节一样明亮、热闹。舞台上已开始表演模仿神乐的节目，周围是黑压压的人群。苇席搭起的一个个小摊子环绕着舞台，连成喧嚣的街市。咖啡馆、西餐馆、杂货店、点心屋，应有尽有。还有一百瓦的灯泡、留声机、涂着厚厚脂粉的少女们。

我们找了家亮堂的咖啡馆，坐下喝冷饮。这时，赤井先生又做出了不拘礼仪的事。他手上缠着绷带，据他说是前几天在水池里打捞被盗物品时，被碎玻璃片划破了手指。在咖啡馆喝饮料的时候绷带开了，他想用嘴配合另一只手系上绷带，却怎么也系不好。志摩子看不下去了，伸出手说：

"我帮您系吧。"

可是赤井先生竟然无理地不予理会，将受伤的手伸到坐在另一侧的弘一面前：

"结城，麻烦你一下吧。"

最后还是让结城给他包扎上了。不知这个男人是不通人情，还是性格乖僻呢？

随后，弘一和赤井先生聊起了侦探的话题。他们二人在此次破案过程中表现出色，立了头功，让警方刮目相看，因此二人聊得投机也是理所当然。他们越聊越起劲，照例褒贬起了国内与国外、现实的与虚构的名侦探来。弘一一向蔑视的《明智小五郎传》里的主人公，自然又成了被吐槽的靶子。

"其实，那个家伙根本没有和真正的高手较量过。抓了些平庸无脑的罪犯就自鸣得意，算什么名侦探呢。"

弘一非常不屑地说。

从咖啡馆出来后，两个人仍旧谈兴很浓，于是大家自然分成两组。志摩子和我超过了谈论不休的二人，慢慢地把他们远远地甩在了后面。

志摩子踩着空无一人的海滩，边走边高声歌唱，遇到熟悉的歌，我也跟着唱两句。月光化作亿万银粉随波闪烁，清凉的海风穿过我们的衣袖，把我们的歌声送往远处的松林。

"咱们吓唬他们俩玩吧。"志摩子突然站起来，调皮地对我说。我回头一看，那两个业余侦探还在专注地边走边聊，离我们约有一百米远。

志摩子指着旁边的大沙丘，不停地催促："快点吧，快点吧！"我也觉得挺有趣，就像捉迷藏的小孩子似的，一起躲藏在沙丘后面。

"他们俩去哪儿了？"

过了一会儿，听到后面两个人的脚步声近了，只听弘一这样问。看样子他们不知道我们藏起来了。

"他们不会迷路了吧？要不咱们在这儿休息休息。你拄着拐杖在沙滩上走，很累吧？"

这是赤井先生的声音。他们两个好像坐了下来，正好隔着沙丘和我们背靠背。

"这地方不用担心被人偷听吧。其实，有个事我只想告诉你一个人。"

这是赤井先生的声音。我们正要"哇"地大叫一声跳出来吓唬他们呢，听到这句话，又坐了回去。明知道这样偷听不好，但是此时出去未免尴尬，只得将错就错了。

"你真的相信甲田是凶手吗？"

从背后传来赤井先生低沉逼人的声音。现在他怎么还提起这件事呢？可是，不知怎么的，他严肃的声音让我很吃惊，不禁竖起耳朵听起来。

"也没什么相信不相信的。现场附近只有两个人，其中一个人是受害者的话，另一个人只能是罪犯了，有问题吗？而且，还有手绢和眼镜盒等，证据很齐全。难道说，即便如此，您仍旧认为还有疑点吗？"弘一说。

"是这样，甲田终于提出了不在场证明。我因为其他机缘认识预审法官，所以知道一些外人尚不知道的消息。据预审法官说，甲田听到枪响的时候，不在走廊上，之前也没有去玄关醒酒，那都是在说谎。甲田之所以说谎，是因为当时他在干一件比偷盗更可耻的事情——偷看志摩子的日记。这个口供与案情非常吻合。由于听到枪声，甲田慌忙从志摩子的书房里跑出来，所以日记本才会胡乱扔在书桌上。不然的话，一般情况下，偷看完日记后，为了不引起怀疑，他理应把日记本放回抽屉里。所以说，甲田被枪声吓跑是实话了。就是说，并不是他开的枪。"

"可是他为什么要偷看志摩子的日记呢？"

"哎呀，你不明白吗？因为他不清楚他暗恋的志摩子的真心呀！他以为看看日记本，说不定就能知道呢。可怜的甲田，可以想象他多么焦虑啊！"

"那么，预审法官相信他的话吗？"

"没有相信。正如你所说的，对甲田不利的证据太多了。"

"可不是嘛！他这个理由也太单薄了。"

"不过，我觉得对甲田不利的证据虽然不少，但好像也有一些对他有利的证据。第一点，他如果想要杀死你，为何没有确认你是否已死，就叫人呢？即便当时再慌张，与事先伪造脚印等缜密做法相比，也显得太不相称了。第二点，甲田在伪造脚印时，为了让人误判往返脚印的方向，他竭力避免往返的脚印重合，可是，他为什么会留下自己的内八字脚印，没有加以改变呢？真让人难以置信。"

赤井先生继续说下去。

"简单说来，杀人不过是开枪把人杀死这么一个简单的行动而已。可是说得复杂些，杀人是由几百上千个细微行动聚合而成的。特别是凶手为了嫁祸给他人而进行伪装的时候，就更加错综复杂了。这次事件也是如此。眼镜盒、鞋子、假脚印、书桌上的日记本、池底的金制品等，光是重要证据就有十来个。如果以这些证据为线索，仔细追寻罪犯的一举手一投足，便可以发现，其中暗藏着几百上千个不同寻常的小行动。因此，如果侦探能够像查看电影胶片的每一个镜头那样去推测罪犯的每个小行动，那么，无论罪犯多么头脑清晰、计划周密，也不可能逃脱法律的制裁。遗憾的是，那样完美的推理，非人力所能及。所以，至少我们要做到不放过任何一个细枝末节，如此或许可以侥幸碰见犯罪胶片中的一个重要镜头。从这个角度说，我对于人们从幼儿时期重复数亿次而形成的条件反射一直非常留意。例如，某个人走路时是先迈右脚，还是先迈左脚；拧手巾时是往右拧，还是往左拧；穿衣服时是先穿右手还是先穿左手等细枝末节。这些乍一看很平常，在侦破案件时，却可能成为决定性的因素。

"下面说说对甲田有利的第三个证据，就是包裹鞋子和烟灰缸用的手绢打的结。我小心地取出了手绢里的东西，没有解开那个结，后来把打着结的手绢交给了波多野警部。因为我认为这个结是非常重要的证据。关于这个结，在我们当地叫'竖结'，结的两端与下部成直角，看着像个十字形，是小孩子常常打错的那种打结法。成年人一般很少打这种结，刻意打都未必打得出来。于是，我马上拜访了甲田的家，请他母亲帮我找找家里有没有甲田打过的结，幸而，找到了他打的几个结：账簿的缀绳结、他书房里吊电灯的粗绳结，以及其他三四个结，然而，全都是一般成年人会打的结。我认为甲田不可能想到连手绢打结也进行伪装。比起打结来，若无其事地使用印有他名字缩写的手绢不是更危险吗？因此，我认为对于甲田来说，这是一个有利的反证。"

赤井先生的声音中断了。弘一一直没有说话,也许是感慨赤井先生的观察之细致吧。连偷听的我们都听得入神了。尤其是志摩子,呼吸越来越急促,身体微微颤抖着。敏感的少女已经觉察到残酷的真相了。

## 八、THOU ART THE MAN[①]

等了一会儿,我们听到赤井先生哧哧笑了起来。他笑了好久,笑得让人直起鸡皮疙瘩。终于,他又开始说话了。

"还有就是第四点,也是最重要的反证。哈哈哈哈,这事真是滑稽啊!关于那双鞋子,警方的判定有重大错误。从水池底打捞上来的鞋子,和地面上的脚印一致,这一点没有问题。虽说被水浸泡过,但橡胶鞋底不会收缩,所以保持了原状。我测量了鞋子,差不多十文[②]大小。不过……"赤井先生又沉吟了一下,似乎不大情愿说出下面这些话。

"不过呢,"赤井先生强忍着笑继续说,"滑稽的是,那双鞋子太小,与甲田的脚不吻合。我为了手绢的结去甲田家时,顺便向他母亲打听了甲田鞋子的大小,才知道甲田去年冬天就已经穿十一文的鞋子了。只此一点,便可以确认甲田是无罪的。因为不合自己脚的鞋

---

[①] 意思是汝即真凶,爱伦·坡的一篇短篇小说也用了这个名字。
[②] 文:日本鞋、袜等的长度单位,1文约2.4厘米。

子，绝不会成为对自己不利的证据，何必劳神费力地捆上重物把它沉入水池底呢？

"对这个滑稽的事实，警察和检察官好像还没有注意到，这一疏漏也太离谱了。也许随着调查的深入，他们会发现这个疏漏。倘若没有机会让嫌疑人甲田穿那双鞋子，也有可能一直没有人发现。

"甲田的母亲也对我说过，甲田虽个子不高，脚却非常大，这就是误判的原因。可以想象，真正的凶手是一个比甲田稍高的家伙。那个家伙根据自己的鞋子尺寸，认为比自己个子矮的甲田不可能穿比自己的鞋子尺寸还大的鞋子，于是造成了这个好笑的错误。"

"够了，不要再说了！"

弘一突然焦躁不安地叫道。

"请您直接说结论吧。您到底想说谁是真正的罪犯呢？"

"真正的罪犯，就是你！"

赤井先生的声音很冷静，仿佛用手指着对方似的说。

"哈哈哈哈，吓唬人可不好。不要开玩笑了，世界上哪有把自己父亲的宝贝扔进水池，还朝自己开枪的傻瓜呢？不要吓唬我了。"

弘一声音亢奋地加以否定。

"凶手，就是你！"

赤井先生用同样的声调重复道。

"您是认真的吗？有什么证据？动机是什么？"

"这个问题很简单。借用你自己的说法，不过是道简单的算术题，二减一等于一。两个人之中，甲田如果不是凶手，剩下的你就是凶手了。你摸摸自己腰带上的结吧。打的是那种十字结。因为你小时候打错了结，长大之后仍然没有改过来。这方面你还真是比一般人笨拙。腰带是在后面打结的，我担心系法会有所不同，所以刚才请你帮我系了绷带。请看，果然是错误的十字结。这不是也成了一个有力的证据吗？"

赤井先生声音低沉，彬彬有礼，却更加令人不寒而栗。

"可是，我为什么要朝自己开枪呢？我胆小懦弱，又爱面子。我怎么会为了陷害甲田，就对自己痛下杀手，使自己落下终身残疾呢？办法多得是啊！"

弘一的声音充满了自信。诚如其言，无论多么憎恨甲田，弘一以身犯险，让自己受这么重的伤，也是不划算的。受害者同时也是加害者，这样荒唐的事闻所未闻。赤井先生完全搞错了吧。

"这就是关键所在。正是在这个令人难以置信之处，隐藏着此次犯罪的重大阴谋。在这起案子里，所有人都被催眠了，陷入了一个根本性的巨大误判之中，那就是'受害者不可能同时是加害者'这一盲区。其次，如果认为这个凶杀案只是为了诬陷甲田而实施的，也是大错特错的。陷害甲田不过是该案很小的附带作用。"

赤井先生放慢语速，庄重地继续推理。

"这是一起计划周密的犯罪，但并不是那种恶毒的计划，而是小说家式的空想。你为自己一个人同时扮演受害者、罪犯和侦探三个角色的高超手段而踌躇满志吧。将甲田的眼镜盒偷走，并丢在犯罪现场的人也是你。把金制品扔进水池里的人、切割玻璃的人，以及伪造脚印的人，不用说都是你。你利用甲田在志摩子的书房里偷看日记本的机会（甲田也是在你的暗示下，偷看日记本的吧），为了避免打枪时的火药屑沾到衣服上，你高举拿枪的手，朝距离最远的脚踝开了一枪。你预料到在隔壁房间的甲田听到枪声就会赶过来。同时，你还估计到甲田因为偷看恋人的日记而感到羞耻，一定会在提交不在场证明时表现出含糊其词、令人生疑的态度。

"开枪后，你强忍着疼痛，将最后的证据——手枪，从打开的窗户扔进了水池里。证据之一就是，你倒在地上时，脚的位置与窗户和水池处在一条直线上。这一点也清楚地体现在波多野警部画的平面图上。做完这些后，你终于昏倒在地，或者说是你装出来的更准确。你脚上的伤虽然不轻，但没有生命危险。对于你的计划，这个伤恰到好处。"

"哈哈哈哈，不错不错，的确是说得通啊。"弘一的声音听着好像很激动，"可是，为了您所说的这点事，我要付出成为残疾人的代价，未免太可笑了吧？即便证据再齐全，因为这一点，我也会被无罪释放的。"

"下面就说说这个问题。刚才我不是说过吗？嫁祸给甲田是你的一个目的，但真正的目的不在于此。你坦言自己是个胆小鬼，没错。你之所以朝自己开枪，正因为你是个胆小鬼。你朝自己开枪，正因为你是个极端懦弱的人。啊，事已至此你还想要欺骗我吗？你以为我不知道那件事吗？好吧，那我就说说吧。你患有严重的征兵恐惧症。你今年通过了服兵役体检，年底将入伍，因此你千方百计地想要逃避征兵。我打听到你在学生时代曾经尝试通过戴近视眼镜弄坏视力的事，我还读过你写的小说，从中可以发现潜藏在你下意识里的对军队的恐惧。况且你又是军人的儿子，采用作假的方式逃避兵役，更容易被人发觉。于是你排除了搞坏内脏器官、切断手指等老套的手段，选择了剑走偏锋的办法，并且还是个一石二鸟的妙计……哟，你怎么了？打起精神来，我还有话对你说呢。

"还以为你昏过去了，吓了我一跳。请沉住气，我并不打算把你交给警察，只是想确认一下我的推理正确与否。当然，你也不会就此认输，不为自己辩解吧。再说你已经受到了对你来说最可怕的惩罚了，就在这座沙丘后面，坐着你最不希望知道此案真相的女子，她一字不落地听到了我们刚才的对话。

"现在我该告辞了。你需要一个人安静地思考一下。但是离开之前，我想报上我的真名。其实，我就是你一向蔑视的那个明智小五郎。我是受令尊之托，为了调查陆军省发生的一件秘密失窃案，化名赤井出入府上的。你曾对我说过，明智小五郎只知道纸上谈兵。不过，你现在知道了，我的推理应该比小说家的空想更加切合实际吧……好了，再见吧。"

惊愕和困惑使我脑子里一片空白，只听见赤井踩着沙滩，轻轻地走远了。

# 月亮与手套

江户川乱步名侦探篇

一

　　电影编剧北村克彦去拜访殷野重郎，此时已来到他家门口了。

　　东方天空上高悬着一轮巨大的红月亮，鬼魅般挂在厂房的黑色剪影上方。克彦觉得自己往前走，那月亮也跟着向前移动，就像在尾随他一样。当时那轮巨大的红月亮，仿佛在预示那件不幸之事，让他永远难忘。

　　那是二月一个寒冷的夜晚。刚过晚上七点，那条街已如沉睡了一般寂静，看不到行人。沿着马路流淌着一条细细的河沟，河对面有一道不知是什么工厂的长长的围墙。那巨大的红月亮紧挨着工厂的烟囱，随着他走路的节奏，缓慢地移动着。

　　马路这边是幽静的住宅区，一家挨一家的混凝土院墙或篱笆墙相互连接着。其中一面低矮的混凝土墙环绕的二层木造洋楼，就是他要去的殷野家。石头门柱上的圆罩灯发出朦胧的光。从院门到小楼的入口大约十米远，二楼正面的窗户亮着灯，那是殷野的书房。虽然遮挡着黄色的窗帘，但克彦仍可以想象出那个令人讨厌的殷野在书房里面的样子——戴着粗框玳瑁眼镜、贝雷帽，穿着褐色夹克衫。这么一想，克彦突然一阵心烦，真想转身回去。

（今天见到那家伙，可能会忍不住跟他吵起来。）

股野重郎打着原男爵的招牌，变相放高利贷。战争结束时，他的财产败得差不多了，只剩下少许地皮和股票，好在这些东西都大幅升值，使他获得了巨大的收益。于是他打算靠着这些钱财，享受游手好闲的生活。与那些迂腐的旧贵族不同，他头脑很灵活。恰巧他和日东电影公司的总经理是熟人，便渐渐挤入了电影界，可以说是个高级电影混混。他想出了挖掘电影人的丑闻，然后以这些丑闻为把柄赚大钱的招数。他虽然长得瘦削文弱，一副贵族范儿的白皙面孔，做起事来却非常老辣。手里没有掌握对方的把柄，他是不会把钱借给对方的。他从不缺少顾客，跟他借钱，不需要公证书或是抵押品，他手里的武器就是对方害怕公之于众的把柄。不过，他不贪图过多，而将每月的利息控制在百分之五以内。他的资产就这样与日俱增着。

北村克彦也跟股野借过钱，但半年前，已经连本带利都还清了。所以，这并不是让克彦如此踌躇的原因。

股野重郎的妻子夕空明美，以前是少女歌剧团的女演员。凭着演男角出了名，被日东电影公司看中，挑去当了电影演员。不料，连演了几部片子都不卖座，令她大为沮丧。正想寻找其他出路时，被股野看上了，便嫁给了股野。其实她不过是看中了股野原男爵的身份和钱财。电影编剧克彦，是她在日东电影公司做演员时的朋友。三年前，明美和股野结婚之后，仍然和克彦有些联系。但在大约半年前，因偶然的契机，两人开始相爱，眼下他们常常背着股野，在外面偷偷约会。

精明的股野不可能对此没有察觉，但不知为何，他一直装得毫不知情。虽然有时也说些讥讽的话，但从没有当面斥责过克彦，对老婆明美也是同样的态度。

（不过，今晚可能要摊牌了，股野说有话想跟我说，让我今晚务必去他家。股野大概是打算把我和明美两个人叫到一起，狠狠教训我们一顿吧。）

虽然名义上是请他吃晚饭，但克彦觉得，三个人一起吃饭，更让他无法忍受。所以，他借口有事，故意吃过饭才来。可能的话，他想让明美避开，自己单独和股野谈。

看到二楼房间的灯光时，克彦突然想转身回去，那时他如果回去了，就不会发生后面的事情了。可是克彦转念一想，既然下决心来了，再拖下去也不能解决问题，不管怎样，还是得把话说清楚。于是，他站在昏暗的门口，按响了门铃。

平时都是女佣来开门，今天来开门的却是明美。明美穿着漂亮的花格裙，上身穿了件艳绿色毛衣。她身材娇小可人，虽说年已三十，但看上去要年轻三四岁。她微启性感的上嘴唇，莞尔一笑，眼睛里却流露出不安的神色。

"女佣怎么不在？"克彦问。

"知道你不来吃饭,傍晚我就打发她回家了。今天就我和丈夫两个人在家。"

"他在二楼?终于要跟咱们摊牌了吧?"

"谁知道呢。不过,你还是怎么想就怎么说为好,干脆彻底解决。"

"嗯,我也是这么想的。"

两人走进门厅时,看见股野正叉着腿站在楼梯上面,俯看着他们。

"嘿,我来晚了。"克彦说。

"等着你呢,快请上来吧!"股野说道。

二楼书房里生着暖烘烘的炉子,是烟囱从天花板穿出去的炭火炉。股野怕冷,说是没有这炉子就过不了冬。

一侧的墙里镶嵌着一个小保险柜,还立着一个像是英国货的老式展示柜。另一侧的角落,摆了一张榻榻米大小的办公桌。屋子中央放着待客的圆桌、沙发、扶手椅,都是有些年头的老物件。其实这些东西都是作为贷款利息抵押的家具。

克彦把大衣放在入口处的沙发上,在椅子上坐了下来。股野从酒柜里取出一瓶威士忌和两只高脚杯,放到圆桌上。这是一瓶黑标威士忌,按说他这个放高利贷的喝不起这种酒,想必这酒也是靠利息换来的。

股野给两只高脚杯里倒上酒。克彦刚喝了一口,股野就一口喝干了,又倒了第二杯。

"咱们还是开门见山吧！今天我为什么请你过来，你心里也有数吧？"

股野像平时那样，戴着一副粗框玳瑁眼镜，下身黑裤，上身是茶色夹克，留着诗人特有的长发，戴着藏青色贝雷帽。他习惯在屋子里也戴着帽子。自从跻身电影界后，他这个放高利贷的也变成这种打扮了。虽说已经四十二岁了，可有时看着和三十五岁的克彦不相上下，有时又显得很老，像五十多岁。不仅是年龄，他在各方面都非常古怪、深不可测。

他胡子稀疏，脸上光溜溜的，肤色苍白，眉毛浅淡，眼细鼻长。说他有贵族相也不假，即便如此，也属于极其阴险的贵族。

"我很早就知道你们的事了。知道是知道，但一直没有拿到证据，不便戳穿你们。前天晚上，我终于拿到了确凿的证据，是在你的公寓拿到的，因为你家的窗帘留有一厘米左右的缝隙。不小心点可不行啊，即便只有一厘米，把眼睛凑近一看，也足够看清了。我就是前天晚上从那扇窗户外面看到的。不过，我当然不会闯进屋子里去，而是咬着牙忍住了。我决定今晚跟你把话讲清楚。"

他开始喝第三杯威士忌了。

"对不起！我们甘愿接受你的惩罚。"

事已至此，克彦只能低头谢罪了。

"有思想准备就好办了。那么，我就说说我的条件吧。你今后必须断绝和明美的一切来往，不可以跟她说一句话，也不许通信，这是第一个条件。你听明白了吗？第二个条件是，你必须付给我精神赔偿费！数额是五百万日元。考虑到你一下子拿不出来，限你每年付一百万日元，五年付清。我想你现在恐怕连一百万日元都没有吧？不过你可以从公司提前预支啊，这一点你还是办得到的。而且，只要你肯卖力工作，同时压缩你的生活开支，就能支付了。这个数额是符合你的身份的。第一个一百万日元，请你在一周内筹足给我。听明白了吗？"

股野说到这儿，咧了一下薄薄的嘴唇，翘起的嘴角露出一丝冷酷的笑容。

"等一下！一百万日元，我根本拿不出来，更不用说五百万日元了，请减少一半吧。即便是一半对我来说都是天文数字啊！我必须不吃不喝地去挣钱啊。不过，我会想办法的，请减一半吧！"

"那可不行。这事没什么可商量的。从各方面考虑，这个数额对你最合适，我才这么决定的。你要是不答应，只好打官司了。而且，我还会将你过去的隐私统统曝光，让你在电影界混不下去，那样你也不在乎吗？到那时候你会特别难堪吧？如果怕难堪，你只有支付我要求的数额这一条路可走。"

股野一口喝干了第四杯威士忌，舔着嘴唇，傲慢地说道。

对于克彦来说，关键的问题还不是钱。让他和明美断交的第一个条件，是他无论如何都无法接受的，因为他们俩都刻骨铭心地深爱着对方。然而，他又无法对明美的合法丈夫股野说出"把明美让给我吧"这样的话来。社会道德规范使他无法说出这种话，这让他痛彻心扉，以至于在一瞬间，他竟然冒出了只有"死"才能与之抗争的念头。

"你打算怎么对待明美？你不会也要惩罚明美吧？"

"这个就不劳你操心了。我也会教训她的，想怎么惩罚她是我的自由。"

"你的条件我全部接受。只是请你不要折磨她！都是我的错。"

"嘿，废话少说！你不知道吗？你这副甘愿为爱情牺牲的样子，只能更激起我的嫉妒心。"

"我该怎么做呢？我爱明美。虽说对不起你，可是我实在无法克制对她的爱。"

"哼，你居然敢在我面前胡说八道。那好，我告诉你第三个条件——那就是要对你进行肉体惩罚。"

股野从椅子上站了起来。原本很苍白的脸因喝多了酒而愈加惨白，瞪着两只血红的眼睛。突然间，克彦只觉得头晕目眩，一下子从椅子上滑落下来，原来他被股野狠狠地扇了一巴掌。

"你干什么？"

克彦大喊一声，朝着股野猛扑过去。这回股野被打了个措手不及，两个人揪扯着倒在地板上，互相抓挠对方的鼻子、眼睛。最初克彦压在上面，但很快被股野灵巧地翻倒在下面，眼看就要被他那钢筋般强韧的胳膊扼住咽喉了，"你想杀死我啊"的念头突然在克彦的脑海里划过。

"那就别怪我狠了！"克彦就像两手拿着鞋号哭着扑向欺负自己的人的孩子一样，使出全身力气跟股野扭打起来。不知何时他又翻到股野上面了，正要掐股野的喉咙时，股野拼命躲避着，身子一骨碌，脸朝下了。

"蠢货，这就更容易了。"

克彦趴在股野的背上，迅速将右胳膊伸进其脖子下面，紧接着，用胳膊勒住他的脖子猛地拉向自己胸前，就像在使劲搂抱他。股野的细脖子青筋暴露，克彦感觉就像勒着一只鸡的脖子。

股野拼命挣扎着，但已经没有力气扳开克彦的手了，他那苍白的脸变成了紫色，憋得鼓起来。

克彦仿佛听到女人的尖叫声。虽然听到了，却无暇顾及。他的右臂变得像坚硬的钢铁，如机器一般越勒越紧，只听"咔嚓"一声，想必是喉管折断的声音吧。

克彦虽然脑子一片空白，但内心深处意识到自己杀了人。此时他心里想的是："只要这家伙死了，就什么都好办了。"他不知道怎么办好了，反正肯定会变好的。

虽然对方已经浑身瘫软一动不动了，克彦还是一直用力勒着。即便感觉到对方鸡脖子般细的颈椎已完全折断了，还是拼命勒着不松手。

此刻他只能听到自己像海啸般怦怦作响的心跳声，除此之外，什么声音都听不到。他忽然感到整个房间寂静得可怕，还知道有个人站在自己的身后。他没有问，也没有回头看，但他知道有个人一动不动地站在那里。

他想转过头去，可是脖子根本不听使唤，就像抽筋似的动弹不得，他费了好大劲，才勉强转了三厘米左右，眼睛的余光终于看到了那个人，那是脸色煞白的明美。她的眼睛瞪得圆圆的，眼珠都要迸出来了，长这么大，他还没见过人的眼睛可以瞪这么大。

明美像个丢了魂的蜡人，直挺挺地站在那里，眼看就要歪倒下去了。

"明美。"

克彦叫道，却发不出声音。他的舌头像石头一样干巴巴地转动着，根本说不出话，嘴里一滴口水都没有。他想打个手势，手也动弹不了，夹着股野脖子的那条胳膊像铸铁似的毫无知觉。

戏剧里出现过这样的场景，有些武士经过挥刀搏杀的战斗后，握刀的手无法松开刀把，必须让人将手指一根一根地掰开。他想：我现在就和他们一样啊。当肌肉僵硬的时候，只要让血液流通就可以缓解。于是，他极力放松肩膀，挥动手臂，感觉到血液向手指流去，绕住对方脖子的手臂终于松开了。虽然还是麻木的，但好歹能够脱离对方的身体了。

克彦膝行到圆桌跟前，吃力地伸出仍有些麻木的手，抓起威士忌酒杯，仰起头，把喝剩的酒倒进了嘴里。他感到舌头火辣辣的，但那口酒使他嘴里涌出了一点儿唾液。

明美摇摇晃晃地向他走来。虽然没发出声音,但看她的嘴形,是在说"我也想喝"。克彦已恢复了一些知觉,就抓住圆桌,费力地站了起来,抓起威士忌酒瓶,倒了杯酒,端到明美的嘴边。金黄色的威士忌洒了出来,明美自己用手扶着酒杯,喝了下去。

"他死了吧?"明美问。

"嗯,已经死了。"克彦答道。

两个人都终于发出了嘶哑的声音。

## 二

克彦深信股野的颈骨已经被勒断,所以根本没打算为他做人工呼吸,把他救活。

足足有十分钟,他瘫在扶手椅里一动也不动。恍惚看到绞刑架的幻影从远处骤然逼近,充满了整个视野,然后再次从远处向眼前逼近。无数念头在他脑海里走马灯似的闪过。其中如何才能逃脱目前的困难局面、保护自己逃脱法律惩罚的想法,渐渐变得鲜明起来,将其他想法从脑海中驱逐出去了。

(现在我必须像计算机那样冷静、缜密地思考问题。股野的死难道不是天赐的幸运吗?从今往后,明美就可以逃离牢狱,获得自由了。我可以独占她了。而且股野的巨额家财都属于明美了。可是,我是杀人犯,这样坐以待毙的话,我会被关进监牢的。虽说是因为冲动而杀人,应该不会被判死刑,但我的人生全完了。自首和逃跑还是有些差别的。而且,并不是无路可逃。我平时不是常常考虑这些事情吗?)

克彦自从爱上明美而憎恨起股野后,就曾在幻想中上千次地杀死过股野。他非常仔细周密地设想过所有杀死股野的方法,以及能够逃脱罪名的手段。现在只要实施其中的任何一种办法即可。

(时间非常紧迫。必须在十分钟内完成所有的准备工作。)

他看了一下手表,手表还没有被损坏。现在是七点四十五分。他又看了一眼酒柜上的座钟,是七点四十七分。

明美一直趴在克彦旁边的地板上,一动也不动。克彦靠近她,扶着她坐起来,明美突然紧紧搂住了他。在只有十厘米的近距离内,两人相互对视,注视着对方的眼睛。克彦明白,明美已经察觉到了他的想法,两人的眼睛都在鼓励着对方的恶念。

"明美,咱们必须拿出钢铁一般坚强的意志来!咱们俩要一起演一出戏,必须冷静地扮演好剧中的人物,你能做到吗?"

明美用力点了点头,仿佛在说"只要是为了你,什么事情我都敢做"。

"今夜的月亮很亮。再过三四十分钟,最好有人从这座房子前面的路上经过……嗯,我现在很冷静。我想起这么一件事。明美,我记得以前巡逻警察从房前那条路上经过,是在八点以后吧?好像什么时候听你说过这事。"

"是每天晚上八点半左右。"

明美困惑地回答道。

"很好。还有四十多分钟的时间。比起路过的行人米,还是巡逻警察最合适了。在那之前，咱们要做很多准备工作。一件都不能忘记……女佣肯定是明天回来吧？月亮还是那么亮吧……"

他跑到窗户前，从黄色窗帘的缝隙中望向天空。天空中没有一点儿云，近乎满月的月亮正好悬挂在窗户前方，皎洁如水。

（真是太幸运了！这明亮的月亮，八点半将出现的巡逻警察，正好不在的女佣。简直就像事先计划好的一样。只要明美能扮演好她的角色，就大功告成了。明美肯定没问题，她的舞台表演能力是相当过硬的，而且她习惯演男角。我必须彻底忘记杀人的事，导演好这出戏。这种时候，恐惧是最大的敌人。绝对不能害怕！必须忘掉杀人的事！要把倒在那里的家伙看成是假人。）

克彦竭力表现出精神振奋的样子。并且，努力把注意力集中于快速、机敏、细致的行动上去。

"明美，我们今后是获得幸福还是堕入不幸的深渊，就看接下来的一个小时里，你和我能否做到镇定自若了。你的演技尤为重要，这可是性命攸关的大角色啊！你绝对没有问题，简直是小事一桩。只要你不害怕，就不成问题。就像站在舞台上一样，你必须把刚才的事情全忘掉，明白了吗？"

"我一定能做到，只要你告诉我怎么做。"

明美虽然还在不停地发抖，仍表示了自己的坚定决心。两人的心思从来没有像今天这般默契过。

克彦在股野的尸体旁边蹲下来，保险起见，他摸了摸股野的心脏，不用说，心脏已经不可能跳动了。即使不特意去摸，也能一眼看出来是死了还是没死。看他脸上显出的死相和他了无生机的身体，便一目了然。

藏青色的贝雷帽掉在尸体旁边，克彦先把它拾起来。粗框玳瑁眼镜没有损坏，好端端地挂在死者脸上呢。克彦轻轻地把眼镜摘了下来。

（不过，要是脱下这件夹克，回头再给他穿上，可就费劲了。）

"明美，和这件同色的夹克，还有吗？应该有替换的吧？"

"有啊。"

"在哪儿呢？"

"隔壁卧室的衣柜抽屉里。"

"好啊，你把它拿来！等等，还有呢。需要一副白手套，皮的不行，最好是军用手套①，你家没有吧？"

"有啊。战争时期，股野为了干农活儿买的。现在还有好多没用过呢，就在厨房抽屉里。"

"好的，你拿一双来吧！还需要两根结实的长绳子。不能从远处取来，隔壁卧室里有现成的吗？"

"嗯，绳子都放在衣柜里呢。不过，结实的绳子嘛……啊，股野雨衣上的腰带可以解下来。还有就是……领带不行吗？"

---

① 日本的军用手套是白色的。

"要比领带更长、更结实的那种绳子。"

"这样啊。对了,股野睡袍上有腰带,那个比领带长一倍,还结实。"

"好啊,就把它拿来。另外……嗯,对了,这个计策我曾经仔细考虑过,我记得你家里有一把用什么草做的扫帚形状的衣服刷子,我曾经见过。那东西,现在要用一下,有吧?"

"有啊,就在衣柜旁边挂着呢。"

"听着,一样也不要忘了啊。全都得找齐了!我再说一遍,军用手套、两条带子、扫帚形的衣服刷子、夹克,还有这里的贝雷帽和眼镜。这些够不够?不,等一等,可以用领带。你从衣柜里给我拿三条软一点儿的领带来。除此之外,就是衣柜钥匙,这个书房、隔壁卧室,以及书房和卧室中间的门,共三个门的钥匙,还有大门的钥匙。"

"军用手套、夹克、衣服刷子、两条腰带、三条领带、三把钥匙。"明美扳着手指头数着,"这个房间和隔壁的房间,还有中间的门钥匙全都是一样的,加上衣柜和大门的钥匙,一共三把钥匙。"

"不错,就是这样。啊,稍等一下!三把钥匙,平时放在什么地方啊?"

"因为平时不锁衣柜,所以衣柜钥匙就挂在柜门的把手上。大门和房间的钥匙,在股野裤兜里和一楼我房间的小衣柜抽屉里,各有一把。"

223

"那就使用股野裤兜里的那把，这个我会取出来。你现在去把其他东西全部找齐。没时间了，一定要以最快的速度！"

此时明美已经不发抖了。她完全进入角色，准备在导演的指挥下开始表演了。为了将所需要的东西尽快找齐，她飞快地跑到隔壁卧室去了。

克彦走到尸体旁边，在尸体的两个裤兜里摸索着，很容易就找到了那两把钥匙。他并没有觉得害怕。尸体还有些温热，由于屋子里点着煤炉，很暖和。他想，即使再过三四十分钟，尸体还是有温度的。

二人把需要的东西全部找齐了。克彦把它们都摆在圆桌上，逐一确认之后，拿起那把扫帚形的衣服刷和一只军用手套，开始做一件奇怪的东西。他把扫帚刷的草分成五束，分别插入军用手套的五个手指中，转眼就做出了一只以扫帚草为芯的戴手套的手。

"现在你明白了吧？由你来充当股野的替身，演一出独角戏。股野留着长发，所以你的长发正合适，把头发稍微往后梳梳就可以。然后，你再戴上贝雷帽，戴上眼镜。这样一来，从鼻子往上就装扮好了。鼻子下面呢，你看，就用这只军用手套，这样挡住。总之，就是假装有人从背后捂着你的嘴，不让你发出声音的样子。你要用自己的手，假装要拽开这只戴着军用手套的手。实际上，你只要握着这个扫帚把儿，把它伸到自己嘴巴前面就可以了。"

这些动作全都是克彦在幻想杀人的时候，反复琢磨、确认过的，连所有细节他都考虑得很清楚。

"接下来，你在自己的毛衣外面套上这件夹克，下身现在这样就可以。你打开那扇窗户，探出上半身就行了。一个戴着军用手套的男人从背后抱住你，你从窗户探出上半身，一边用力拽那只被军用手套攥着的手，一边大喊救命。由于这种场合的需要，你只要用略有些嘶哑的男人的声音喊叫就可以。你把这个房间的灯关了，等到我和巡逻的警察一出现在门前，你就开始表演。如果警察没有来巡逻，我会和一位过路的人一起来到门前的。你只需从窗帘缝隙中向外看，等着我出现。还有，你叫喊两三声之后，要装成被那个戴军用手套的男人向后拉倒的样子，从窗口消失。从二楼窗户到大门，距离有十米多，月光再明亮，也看不了那么清楚。再加上我会配合你转移对方的注意力，不用担心被人看破。你明白了吧？"

明美入迷地看着克彦兴奋的表情，听着他充满自信的说明，渐渐明白了他的整个计策。

"我明白了。这样就可以制造你不在现场的证明。可以让证人看到股野被杀时你刚到门口。所以你说，最好是让巡逻警察做证人。那样的话，虽然我在家里，但我只是个弱女子，不可能杀人的……哎呀，那样一来，我应该看见那个人了吧？如果他们问我，那个人什么样……"

"你就说是个蒙面窃贼。"

"什么样的蒙面窃贼？服装呢？"

"就说穿着黑衣服。具体什么样，就说没有看清楚。那个蒙面人不仅蒙着眼睛，整个脸都蒙上了。你就说他戴着鸭舌帽，从帽子上垂了一条像面纱那样的黑布。手上当然是戴着军用手套。所以，指纹一点儿也没有留下。"

"明白了。其他的我信口说一下。不过，人家会不会怀疑我是贼喊捉贼呢？我是个弱女子，根本不可能打死股野？这个理由没问题吧？"

"这就要靠这腰带、领带和钥匙了。没时间了，我只能说一遍。你要注意听！待会儿你等我走出你家之后，马上把这个房间的门锁上。然后等到窗口那场戏演完了，你必须快速做完下面几件事。把军用手套从扫帚形的衣服刷上取下来，将这双手套叠好后，暂时放进隔壁的衣柜抽屉里，以后再从容地把它放回厨房的抽屉中即可。夹克也放回原来的地方。刷子挂到原来的钉子上。然后，你就拿着这条领带和腰带去隔壁的卧室，从里面把门锁上。把卧室通往走廊的门也锁上。这样一来，除非砸破两扇门中的一扇门，不然无法进入卧室，所以你的时间是很充裕的。钥匙嘛，你可以把它们放进卧室某个小抽屉里。

"书房、卧室，以及大门这三扇门，是案犯作案后上锁离开的，所以如果警察发现了小抽屉中的钥匙，你就说同样的钥匙有三把。不过，你最好把你房间里的小衣柜里的钥匙藏起来，这样钥匙就等于只有两把。

"你进卧室后，要先把这二条领带中的两条团成一团，塞进自己嘴里，再用另一条领带把嘴巴紧紧系住，这样就不能喊叫了。然后你钻进衣柜中去，把挂着的衣服往旁边推一推，足够你一个人，蜷着腿坐在里面……你赶快试一试。"

两个人去了隔壁的卧室，打开大衣柜的门。不用试就知道，足够坐下一个人。于是，两人又立刻回到圆桌旁边。

"你进入衣柜中后，两腿并拢，把这条睡袍腰带缠在脚脖子上，系紧两头，然后从里面把衣柜的门关上。下面这个事情有些难度，因为这就像是倒着表演挣脱绳索的戏法。不过，谁都能学会……你握紧两只手，往前伸。对，对！我用雨衣的腰带把你两只手腕捆住。如果是魔术师，无论捆得多么紧，他都可以挣脱。而你是外行，我就故意捆得松一些。"

克彦一边说，一边用腰带一圈圈地捆住明美的两只手腕，并系住腰带两头。

"这样就可以了。你把手掌伸开，一只手一只手地抽出来试试。由于绑得不紧，可以毫不费力地抽出来。你试试看，对吧？抽出来之后，腰带就成了圆圈状。你就拿着这个躲进衣柜里去。然后先把脚脖子捆好，再把这个套圈放在自己身后的衣柜底板上，向后伸手，照刚才的做法，一只手一只手地伸进这个套圈中。要装成双手被人捆绑到身后。虽说有点难，但只要耐着性子慢慢做，就不成问题……你在这儿练习一下！"

明美拼命练习着。她靠在房间角落的墙壁上，把腰带套圈放到自己身后，扭动着身体，伸右手时，将套圈往右边拉，伸左手时，将套圈往左边移，用眼睛的余光瞄着做。由于腰带圈儿原本就系得不紧，没怎么费力气，就把两只手都伸进圈中了。

"不过，光是把两只手伸进去还不行，还要握紧拳头，并且要使劲扭动手腕。对！对！这样一来，带子就会勒紧你的手腕，这样看上去捆得很结实，而且在扭动手腕时，手腕周边就会充血，肿胀起来，这下子你就真的抽不出手了。这个方法虽然和挣脱绳索的魔术不同，但咱们这个情况，这样做最合适。等到人们发现你被关在衣柜里时，自然有人会给你解开的。

"做这件事时你不必着急，有充分的时间。我一离开这里，你就把大门锁上，回头你还要将卧室的门锁上。所以，即使我们看完窗边那出戏，立刻赶过来，到破门而入也需要些时间。而且，发现尸体后，还会在那里耽搁些时间。因此，进入卧室时，已经过去了很长时间。所以，你可以慢慢地把自己捆好。不过，完全没有被人发现也不行。所以，你一听到有人进了卧室，就在衣柜中使劲挣扎，弄出一些声音来，引起别人的注意，明白了吗？慎重起见，你把我刚才讲过的话再复述一遍，确保不会忘记。哪怕做错一个步骤，都会惹祸上身啊！"

于是，明美就把这出复杂的戏，按照顺序准确地复述了一遍。不愧是当演员的，一点儿也没有出错。

"厉害！这样就行了。你一定要做得不出一点儿差错！我现在把留在这里的玄关钥匙和衣柜钥匙装进口袋里，到外面去。这么做是因为你被犯人关在衣柜里了，案犯应该把衣柜门也锁上才离开。可是，你是自己进里面去的，无法用钥匙锁门。因此，我把钥匙带出去，回头我和另外什么人一起进来时，趁他不注意，再悄悄地把衣柜锁上，就是这样的顺序。另外，锁上玄关的意思就不用我说了，是为了拖延我们进入这所房子的时间。"

"哎呀，你连这些都想到了呀！实在太周全了。那么，我被关在衣柜里又为什么呢？"

"这不是很明显吗？因为那个坏蛋只痛恨股野，并不想连他的美貌妻子也一起杀掉。因为他是蒙着面的，你看不见他的脸，就没有必要杀你。可是，他需要时间逃跑，如果不控制住你，你会立刻给警察打电话的。而且，你也会大声喊叫，向附近的人求救。那样一来，案犯就逃不掉了。所以，他必须塞上你的嘴，把你关起来。这样一来，直到明天早晨，他都不会被人发现，这就是他的如意算盘。

"与此同时，从我们的角度来说，把你关进衣柜里，是为了证明你也是受害人之一，绝不是凶手的同伙，你明白了吗？"

明美深深点了点头，用敬畏的目光望着情人兴奋的面孔。克彦慌忙看了一眼手表，时间是八点十五分。

"到此为止戏就演完了。现在还有一件事要做，你知道怎么打开那边的保险柜吧？"

"虽然股野对我也保密，可我能不知道吗？要打开吗？"

"嗯，快点打开！"

在明美开保险柜的工夫，克彦站在火炉跟前，往炉子里加了一些煤，又把炉子筛煤灰的拉手哗啦哗啦拽了几下。

"保险柜中应该有一叠借款条吧？"

"嗯，有啊，还有现金。"

"有多少？"

"有一沓十万元的，还有一些零散的。"

"银行折子和股票之类的不要动，你只把那沓借款条和现金拿到这儿来。保险柜让它这么敞着为好。"

明美把东西拿过来后，克彦翻看了一下借款条。遗憾的是没有时间细看。他看到了几个熟人的名字，真是一大笔金额。

"你打算怎么做？"

"我想扔进炉子里烧了，现金也一块烧了。"

"你这是善举啊！"

"嗯，我是想让警察以为，案犯为了帮助向股野借钱的人，把借款条全部烧掉了。当然案犯自己的借款条也在其中。股野既没有找人做担保，也没有办理公证，所以，只要这些借款条不见了，那些人就没有还钱的责任了。不过，借款登记簿还在，一查看登记簿，就知道债务人是哪些人了。于是，警察就会一个不漏地调查登记簿上的债务人。只是他们永远也找不到案犯。就是这么回事。烧了借款条的案犯要是看到那些现金，是不会留下的，这是很自然的。可是，如果我们把这些钱拿走去花掉，就很危险了。因为股野一向做事细致，说不定已经把纸币上的号码记在什么地方了。所以，现金也得在这儿烧掉。先烧纸币吧。"

又花费了宝贵的三分钟时间，克彦盯着纸币化成灰烬后，还将灰烬扒拉碎，然后将一沓借款条扔进了炉内。剩下的事就交给明美了。克彦穿上放在门厅沙发上的大衣，从大衣口袋里掏出手套戴上，又拿出手帕，将放在圆桌上的威士忌酒瓶和高脚杯上的指纹擦去，放回到原来的酒柜上。再把圆桌上面、火炉通火钩、保险柜门和房门的把手等，凡是有可能留下指纹的地方都仔细地擦拭了一遍。最后，把衣柜钥匙放进大衣口袋里，说：

"好了，马上开始准备吧！一定要多加小心啊！"

克彦说完，正要走出大门，明美喘着气追了上来。

"如果一切顺利，当然好；如果不顺利，咱们以后再也见不到了。"

明美两手搭在克彦的肩头，眼泪汪汪地看着克彦。那可爱的嘴唇让人心疼地啜泣着，两人亲吻起来，紧紧拥抱在一起，久久不愿分开。男女殉情之前的诀别之吻，突然掠过克彦的脑海。

听到明美从房间里面"咔嚓"一声锁上了门，克彦急忙跑下了楼梯。反正他已经戴上了手套，摸什么地方都不要紧了。

他从里面锁上了玄关的门。然后，来到厨房，找到一只杯子，咕咚咕咚地喝了好多水，最后把玄关的钥匙放进厨房的橱柜里。

厨房外面的地面，由于近来天气晴朗，非常干爽。而且地上还铺了石板，不用担心会留下脚印。他打开和水泥墙连为一体的后门走出去（将后门留出了两厘米左右的缝隙），来到狭窄的小胡同里，胡同的石子路也很干爽。

## 三

月光亮如白昼。绝不能被人看见，克彦留意着周围，绕了个弯，来到大路上。他没有碰到一个人，也没有人从窗户里窥视他。与污水沟并行的马路，在月光下能看到很远，现在看不到一个人影。他看了一眼手表，八点二十分。离八点半还有很多时间。

污水沟在月光映照下闪着银色的磷光。四周如海底般寂静无声，河对面不知什么树的圆叶片闪着亮光，马路这一侧的枣树篱笆叶也在闪闪烁烁。

（多美啊！就像童话故事里的国家一样。）

他有生以来第一次觉得这毫无情趣的街道这么美丽。克彦吹起了口哨，这不是为了伪装，而是不由自主地想吹口哨。口哨的余音仿佛蒸发到月亮上去了似的，消失在空气中。

（等一下，必须再确认一遍……）

想到这儿，克彦立刻回归了现实，不安地打起了哆嗦。

（听到窗口传来喊叫声后，跑到玄关外，再进入房子里面，这段时间是至关重要的。在此期间，那个虚构案犯必须做完一连串的事情。事后才发现时间不够用的话，可不得了。危险！危险！那可是犯罪者的疏忽了，必须好好考虑一下……

虚构案犯是否会在股野向窗外求救后，立刻将他勒死呢？不，不应该那样。他还得让股野打开保险柜呢，否则就无法烧掉借款条。不过，让股野打开保险柜太容易了，只要把缠绕在他脖子上的手收紧或放松来威胁他就可以了。与其被杀死，不如打开保险柜，所以，股野会打开保险柜的。让他打开之后，才会立刻勒死他。然后凶手将尸体弃置一旁，从保险柜中取出借款条，扔进火炉里烧掉，接着把现金装进自己的口袋。虚构案犯一定会这么做的。这些事必须在一两分钟内搞定。因为明美听到丈夫的喊叫声后，肯定会上二楼来的。不对，在那之前，还有一件事情要做，就是在衣柜翻找带子或领带什么的。可以假设虚构案犯事先知道衣柜在哪里。那样的话，想找绳子时，自然会首先打开衣柜。不过，在黑暗中，能干这些事吗？卧室里也会有月光从窗户照进来的，但光线有点暗吧？假设案犯拿着手电筒吧。他准备好带子和领带，等着明美进来。这也必须在一分钟内完成。那时，明美也许已经进入书房了。不管怎样，凶手抓住明美后，立刻堵上了她的嘴，不让她喊出声来，然后再捆绑她的手脚，把她关进衣柜里。这些事必须在两三分钟内做完。虽说要求作案者本领高超，但并非不可能。加起来至少要给虚构案犯四五分钟时间。不能过早地破门而入。就是说，必须在虚构案犯从后门逃走之后，再打开大门。这个火候的控制是最难的……好吧，我尽可能做到。）

克彦飞快地思考着，眨眼的工夫想了这么多。天气这么寒冷，他竟然出了一身冷汗。

还要再等一会儿。就在等得不耐烦时，他终于听到身后传来一阵"咯噔咯噔"的走路声。听声音不像是普通的行人。今晚这出戏的高潮终于来了。

他回头一看，果然是巡逻的警察。不过，不是两个警察一组，看来这一带是单人巡逻的。

于是克彦迈开步子走起来，走了二十步左右，就到了股野家大门附近。他站在门外，向二楼的窗户看去，只见那扇窗户哐当一声被推上去了。房间内黑乎乎的。这时，窗帘被人用手掀开，露出了一张人脸。贝雷帽、粗框玳瑁眼镜、白色的大手套、茶色夹克。

白色大手套从后面伸出捂住了那人的嘴，那人痛苦地挣扎着。紧接着，那人从捂在他嘴上的大手套缝隙中发出一声嘶哑的惨叫："救命啊！"

克彦故作惊呆的样子站住了。他听到身后有奔跑过来的脚步声，看来巡逻的警察也从低矮的院墙外看到了刚才那一幕。

"救命啊……"

又听到一声喊叫。可是，那声音被人捂住了。接着，窗内的人影像是被那个戴白手套的人给拉进去了，消失在黑暗的房间里，只剩下窗帘在月光下晃动着。

235

插画师：朱雪荣

"你是？"

赶来的警察正要破门而入时，看见站在大门口的克彦，便问了一句。他是一位美少年模样的年轻警察。

"这是我朋友的家。我正要去他家。我叫北村克彦，是从事电影工作的。"

"那么，你认识刚才在窗口喊叫的那个人吗？"

"那个人好像是我的朋友。他叫股野重郎，以前是男爵。"

"那我们马上进去看看吧！好像出事了。"

（太好了，这就争取了一分钟。这时，虚构案犯已经把借款条扔进了火炉，正要去衣柜那儿。）

克彦和那位美少年警察一前一后向院门跑过去。他们按响了门铃，没有人开门，又一连按了好几次，还是没有一点儿回应。

"奇怪啊，家里没有人吗？"

"他们家是男主人、妻子及女佣三人一起生活的。只有男主人一个人在家，不太正常，因为他妻子和女佣都不常出门的。"

（又过了一分钟，现在绕到后门去也不要紧了。）

"没办法。我们绕到后门去看看吧！如果后门也关着，就只好从窗户进去了。"

"你知道怎么去后门吗？"

"知道，往这边走。不过，隔着一道木板墙，必须先打开那道木板墙的门。"

木板墙的门也锁着。警察推了推那扇门,想了想,用很自信的口气说:

"砸破这扇木板门很容易,但如果后门也锁着,就太耽误时间了。与其这样,不如返回前门,把门打开。"

说着,他已经向正门方向跑去了。

"你是要破坏正门吗?"

"没有必要破坏它。看我的!"

警察返回正门,从口袋里取出一根黑铁丝样的东西,然后把它的尖端弄弯,插进锁眼里咔嚓咔嚓地拨弄着,再将它抽出来,调整了一下弯曲的角度,这样反复了好几次。

(哎呀,原来这是在开锁啊。近来连警察也干起这勾当了吗?这倒也很不错。刚才到木板墙那里,再返回到这儿来,这位先生再这么咔嚓咔嚓地折腾半天,又过去两分多钟了。这样就拖延了五分钟。等他用铁丝打开门,还得一两分钟吧?)

然而,没到一分钟,只听"咔嚓"一声,锁开了。当时由于时间紧迫,两人立刻进了屋内。但是后来,那位美少年警察对自己开锁一事,曾对克彦这样解释:"我喜欢看侦探小说,但小说里的警察在需要尽快打开从里面锁着的门时,一般是用身体将门撞开。可是今天的警察已经不需要那种野蛮之举了。用一根铁丝捅开门锁的办法,本来是那些溜门撬锁的小偷想出来的。但不能因为是小偷发明的,警察就不可以使用啊。这几年,就连我们这些新警察,都要学会使用铁丝开门锁的技术。因为使用这个办法，反而比用身体把门撞开更快。"

就这样，两人进入了黑暗的门厅。屋子里静悄悄的，听不到任何动静。

"喂，有人在吗？"

"股野，夫人，阿清也不在吗？"

两人齐声喊叫，仍没有任何回应。

"可能没有人吧？"

"没关系，我们上二楼去看看吧！现在不能耽误时间了。"

（又过了一分钟。现在你再怎么催我都没关系了。）

两人跑上了二楼，来到书房门口。

"刚才那扇窗户就是这个房间的，是男主人的书房。"

克彦一边说，一边转动着门把手。

"开不开，锁上了。"警察说，"还有其他入口没有？"

"从隔壁的卧室也能进去，就是那扇门。"

这回警察转动门把手，门也是锁着的。

"喂，股野，你在里面吗？股野，股野……"

没有人回答。

"没办法，又得破门了。"

"我来试试吧！"

警察又取出刚才那根铁丝，插进钥匙眼里鼓捣起来。这次比刚才

239

更快,门被打开了。

两人立刻进入了房间,里面一片漆黑,什么都看不见。克彦顺着墙壁,摸索到了电灯开关。

灯亮了。两人眼前的地板上躺着一个留着长发、穿茶色夹克的男人。

"啊,是股野,他就是这家的男主人!"克彦喊叫着,跑到那人身旁。

"不要碰他!"

警察阻止道,自己也盯着股野的脸看了半天。

"好像已经死了。脖子上有很深的勒痕,应该是被掐死的……电话在哪儿?这家里应该有电话吧?"

克彦朝办公桌上指了指,警察立刻跑过去,拿起话筒。

打完电话,两人一起察看了二楼及一楼的所有房间,才知道夫人和女佣都不在。

"案犯大概是趁我们开正门时,从后门逃走了。现在追也来不及了,保护现场更重要。"

警察说着,又返回了二楼。书房隔壁的卧室,由于两边的门都锁着,他怕耽误时间,就推迟到现在来开锁了。警察又从口袋里掏出那根铁丝,先打开了卧室通往走廊的门,两人进了卧室。警察先看了看床下面,然后立刻着手解决卧室和书房之间的那道门。

克彦趁此机会,若无其事地走到衣柜跟前,掏出口袋里的钥匙,背靠着衣柜，将衣柜的门锁上了，然后把钥匙扔进衣柜和墙壁之间的缝隙里。警察正背朝着他专心开锁，一点儿都没有注意到。

卧室和书房之间的门好不容易打开了。警察松了一口气，正想走进尸体所在的书房，这时，不知从何处突然传来"咔嗒咔嗒"的声响。

"怎么回事？刚才好像有奇怪的声音吧？"警察看着克彦说道，克彦此时正盯着衣柜。这时，又响起"咔嗒咔嗒"的声音，衣柜在轻轻摇晃。年轻警察的表情一下子紧张起来。

他大步走到衣柜跟前，伸手去开门，却打不开。

"谁呀？谁在里面？"

里面没有回答，但"咔嗒咔嗒"的响动更加剧烈了。

警察用右手拔出腰间的手枪，对准衣柜。这回他没有用铁丝，而是用左手使劲向外拽门。衣柜门是向两边打开的，即使上了锁，只要使劲拉，就会被拉开。"啪"的一声，门打开了，一个很大的物体骨碌一下从里面滚了出来。

"啊，明美太太！"克彦仿佛吓了一大跳似的喊道。

"这个人是谁啊？"

"是股野的夫人。"

警察把手枪插回手枪套里，蹲在地上，解开绑在明美脸部的领带，又从明美嘴里取出塞嘴的两条领带。

在此期间，克彦察看了一下明美绑在身后的手腕。干得真不赖！

241

带子勒进了手腕的肉里，完全不会令人怀疑是她自己捆绑的，这样就放心了。克彦故意去解明美脚脖子上的带子，明美手腕上的带子留给年轻警察去解。

带子全部解开之后，他们两人搀扶着明美，让她在床上躺下。

"水……我要喝水！"

明美可怜兮兮地要水喝，克彦急忙跑到厨房，端来一杯水给她喝。看样子她是真渴了，接过杯子，逼真地一口气将一杯水全喝光了。

等明美稍稍平静下来，年轻警察取出笔记本，大致给她做了一些笔录。明美的表演真是太完美了。

今天傍晚让女佣回家了，所以她和丈夫两个人的晚饭比平日要晚，当时她一人在厨房收拾碗筷，好像听到丈夫书房里有些响动，还听到丈夫的喊叫声。为了去看看发生了什么事，她就上了二楼，打开书房门一看，里面一片漆黑，她感觉不对，伸手想要打开墙上的开关，突然被人从背后抱住了，嘴里被塞了一团丝绸样的东西，说不了话了。

然后，她被那人推倒在地，两手被捆绑到身后，连两腿也被绑上了。在此期间，她借着月光，模模糊糊地看到了犯人的样子。那人好像穿一件黑色的西服。可是个子是高还是矮，是胖还是瘦，就没什么印象了。总之，那人似乎没什么明显的特征。脸部也完全看不见，因为他戴着黑色的鸭舌帽，脸上还蒙着像面纱一样的黑布。他一直没有说话，所以也不知道他的声音特征。

在月光下，她还看到丈夫股野脸朝下趴在地上，不知是被人杀死了，还是昏过去了。但她觉得丈夫肯定被那个蒙面人打倒了。她还隐隐约约看见保险柜的门开着。所以，她觉着那人可能是强盗，又不像是一般的强盗。

之后，案犯抱起被捆绑着的明美，塞进卧室的衣柜中，从外面锁上门之后，就走了。案犯始终没有说话，动作非常敏捷，所以，明美感觉从被塞住嘴到被关进衣柜，好像不到三分钟时间。

明美讲着讲着，坐了起来，努力回忆着，讲了以上这些话。她完全进入了角色，说话的样子非常逼真，甚至大胆地流露出不爱丈夫股野的意思。

那位美少年警察好像很担心这位美貌的夫人看见丈夫惨死的模样会伤心欲绝，但明美表现得很明事理。她被警察搀扶着，走到丈夫的尸体跟前，只是眼泪簌簌往下掉，并没有抱着尸体放声大哭。

转眼间已经九点半了。从此时开始，股野家一下子热闹起来。因为从辖区警察署以及警视厅方面，陆续赶来了很多人。

在刑侦一科科长和警长面前，明美只好不断重复对年轻警察说过的那些话。她讲述时，每重复一次便增添些无关紧要的枝节，显得越来越逼真了。就连克彦都对她这么好的表演能力刮目相看。

克彦也被问了许多问题。除今晚的事情外，他都做了如实的回答。他采取的态度是，即使对方察觉到他爱着明美也无所谓。从远处过来的杀人事件目击者，这一不可动摇的不在现场的证明，使他变得非常大胆，因此，他说话时没有一丝不自然。

鉴定科职员报告，股野是被强壮的胳膊扼杀的。门把手及室内其他光滑物件的表面，都已被布类的东西擦去了指纹，因此虽采集了一些指纹，恐怕也找不到案犯的指纹。此外，在正门及后门附近都没有发现明显的脚印。

鉴定科的人也没有忽略火炉里的纸张灰烬。根据明美的证词，警方判定那是一叠借款条，还查明保险柜中丢失了十几万日元的现金。由此警察将股野办公桌抽屉里的借款登记簿拿走了。

尽管进行搜查的警察们什么都没有说，但很容易推测出侦查工作已经朝着股野目前的债务人方向推进了。恐怕登记簿上的人，会一个一个地进行筛查。

股野的双亲不在了，也没有兄弟姐妹，是个孤独的守财奴。所以，此时没有可以打电报叫来的亲戚，也没有亲近的朋友，说起来克彦勉强算是他最亲密的友人了。

明美的父母住在新潟，但她的姐姐嫁给了一位在东京三共制药公司工作的职员。于是，警方暂且打电话把他们夫妇请来了。忙这些事的时候，夜已经深了，所以克彦当晚就在股野家过夜了。

第二天，日东电影公司的经理，以及股野的朋友们都赶来帮忙，但最了解情况的还是克彦，所以，他只好作为主角忙碌起来。在杀人事件发生后的第三天，顺利地举行了股野重郎的葬礼。

克彦和明美都顺利渡过了这个难关。正如死者的家人因忙于办丧事而暂时忘却悲痛一样，犯罪者内心的恐惧似乎也能够被忙碌冲淡。一是因为对整个作案过程有着十二分的把握，二是由于敢于犯下此种罪行的人所具有的冷血性格，他俩毫无惧色地度过了那几天。

## 四

　　一个多月过去了。最开始那段时间，无论是明美家，还是克彦的公寓，警察都常常来访，他俩不得不回答令人感到厌烦的盘问。不过只是开始那段时间，这阵子警察好像遗忘了这个案子似的，不再为案件登门了。

　　克彦于大约十天前，从公寓搬到明美家，和她同居了。对于相爱的两人来说，这是很自然的结果，朋友们也没有多想什么。克彦试图以此来反证自己的清白：我如果是杀人犯，是不敢这样做的。

　　仔细想来，他杀人，也可以说是正当防卫。因为他险些被对方杀死，才杀死了对方。就是说，和有预谋的谋杀相比，他们的精神痛苦要少得多。可能是这个缘故，他俩都没有夜不能眠或者噩梦连连。如果将正当防卫之事披露出来，他们会更轻松。可是那样一来，他和明美的爱就彻底完了，肯定不会像现在这样称心如意。正是为了不分开，他才费了那么大的心血，施行了证明自己不在现场的计谋。

　　他们过得很幸福，仍旧雇用以前的那位女佣，建立了一个新的家。没有人打扰他们。明美毫不费事地继承了股野的财产,他俩可不是股野那样的守财奴,而是过着相当奢侈的生活。

(人们也太愚蠢了。我的计谋骗过了警察,而且没有任何人怀疑我们。这就是说,我胜过了所有人。这不正是所谓的"完美犯罪"吗?现在回头想想,我当时真是足智多谋啊!杀人者远远目击杀人现场,这样的计谋恐怕连侦探小说作家都想不出来。不对,也不能说没有。我曾经读过一本名叫《皇帝的鼻烟壶》的小说。不过,那只是口头上哄哄人而已。听故事的人因病卧床不起,讲故事的人就给他讲一些根本没影儿的事,仿佛他亲眼看到过似的。实际上,根本不可能有那么凑巧的事。如果听的人问一句"真的吗?",从床上爬起来追问的话,不就穿帮了吗?遗憾的是,我这个了不起的计谋不能展示给世人看。就连与此相类似的情节,也不能写进小说或是电影剧本里。这事正应了古人那句老话:最好最美的东西,不会在世间出现。)

一旦觉得已经安全而放下心时,克彦自以为是的情绪便渐渐滋生,害怕万一被发现的恐惧心理变得越来越淡薄,最后几乎所剩无几了。

案件发生一个多月后,一天,负责这起案子的东京警视厅的花田警部时隔多日突然来访。花田是凭着办案能力从普通警察升职的,如今在刑侦一科举足轻重,据说他办过的案子在科里数量最多。

克彦把花田警部请进了二楼的书房。穿着一身西装的花田警部,微笑着接过克彦递给他的一杯黑标威士忌。当然这不是出事那天晚上喝的威士忌。从那以后，克彦莫名地喜欢喝黑标威士忌了。明美也有点担心似的进来陪客。她作为股野的妻子，这样做也是很自然的。

"你们还使用这间屋子啊，不觉得害怕吗？"

花田警部一边打量着整个房间，一边笑着问道。

"倒也没觉得害怕。我不像股野那样欺负别人，所以在这间屋子里待着，也不会碰上那样倒霉的事吧。"克彦也微笑着回答。

"夫人也挺好的啊，有了北村先生做后盾，比以前更幸福了吧？"

"这么说虽然对不住死去的丈夫，可是说实话，和他一起生活时，我真是苦不堪言。您也知道，他就是个招人恨的人。"

"哈哈哈哈，夫人真是爽快人啊！"警部爽朗地笑着，"不过，您二位会结婚吧？我听大家都这么说。"

克彦觉得这番对话有点不同寻常，就改变了话题。

"这件事还是往后推一推吧。我想问问，凶手还没有找到吗？已经过去不少日子了。"

"提起这事，轮到我不好回答了。说来惭愧，我们现在走进迷宫了，我们用尽了各种办法，还是找不到嫌疑人。"

"你的意思是说？"

"我们已经调查了股野那本登记簿上的所有债务人，但是里面没有一个值得怀疑的人。大部分人都有确凿的不在场证明，没有不在场证明的人，从各种角度调查之后，也证明都是清白的。"

"除了债务者，股野应该还有不少仇人吧……"

"那方面我们也尽可能调查过了。从你和夫人这里了解的,以及其他电影界人士反映的股野的人际关系,我们全都查过了,也没有发现嫌疑人。如此毫无结果的案子,实在是少见啊!一般的案子,往往会留下牙缝里塞了东西似的感觉,可是这起案子一点儿也没有,干净得让人匪夷所思。"

克彦和明美都默默无语。

(真不愧是警视厅,竟然调查得如此彻底。看来必须加倍小心了。我当时做得太过周全了吧?也许不烧掉借款条反而更好?写了借款条的人里可能有案犯,但如果其中没有案犯,警察必然会深入思考其背后的缘由。这就是说,会重新设法证实看似确凿的不在场证明其实是有问题的。那样一来,我的不在场证明,也说不定会被重新调查。不,那是不可能的。我有什么可害怕的呢?我当时距杀人现场不是有十米远吗?我是凶手,在物理学上是不可能的事。再说,还有巡逻警察这样确凿无疑的证人呢!)

"所以,我今天来,是想请你们两位再仔细回忆一下,除了你们已经讲过的人,还有没有你们一时忘记的股野的熟人,或是跟他有点仇的人呢?特别想请夫人回忆一下。"

"嗯,那样的人,我真是一个也不知道啊!我和股野结婚之后才过了三年,所以,结婚之前的情况,我一点儿都不了解……"

明美的确想不出什么人了。

"股野对谁都不会敞开心扉,喜欢独处,性格孤僻,所以,不仅是我，想必没有人了解他的内心。他平时不写日记，连遗书都没有写过。"克彦说。

"是啊，这也是让我们感到头疼的问题。在这种情况下，如果他没有可以推心置腹的朋友，对我们的侦查来说，是很麻烦的。"

案子的事就说到这里，接下来花田警部聊起了家常。他说话特别风趣，克彦和明美都听得津津有味，竟然将案子的事忘得一干二净。警部和克彦两人你一杯我一杯地喝着威士忌，渐渐有了些醉意，二人聊起了下流的话题。明美也是电影人，对这种有点出圈的话题并不反感，三个人都聊得很开心，如沐春风一般。

花田警部那天在他们家里待了三个多钟头才告辞。打那以后，他就隔三岔五地来他们家做客了。

真凶和警视厅的名侦探成了好朋友，来往密切，这对克彦这样的性格来说，有着极大的吸引力。随着花田警部频频来访，两人之间变得亲密无间起来。

他们有时把女佣阿清叫上，四个人一起玩麻将。也玩过扑克牌。由于三月中旬已过，每逢暖和的星期天，他们就邀请花田一起出去游玩。夜晚，三个人结伴去新桥一带的酒吧，并排坐在吧台前，喝洋酒买醉。

每逢一起出门，演员出身的明美总是打扮得光鲜亮丽，像个交际花。几杯酒下肚后，花田警部偶尔也和明美打情骂俏。克彦甚至以为，花田警部频繁上他们家来玩，莫非是被明美的魅力吸引了？花田警部虽然穿一身潇洒的西装，仍然掩盖不了多年熏陶出来的警官特有的粗鲁。再加上他长了张方脸，此时脸就像块发红的砧板，所以克彦对此毫不介意。他甚至觉得如果著名侦探爱上杀人犯的女人（也是同谋），真令人又愉快又刺激。

克彦和花田有时会热烈地谈论侦探小说的话题。

"北村，你不是写了好几部侦探电影的剧本吗？我也看过一两部。由于工作关系，我也喜欢看侦探小说。"

花田似乎读过不少书。

"案犯被隐藏到最后的电影好像不大有市场。我写的大都是这类题材，所以大多以失败告终。还是惊悚片受欢迎啊，或者是那种倒叙式的侦探小说。最好是从一开始就知道谁是案犯，而且有悬疑或惊悚情节的片子。"

"怎么样？你觉得殷野的案子可以拍成电影吗？"

"这个嘛……"克彦一边思考一边回答。他脑子里，将当时他和明美的表演与虚构案犯的举止混淆在一起了。无论何时，都必须将二者清楚地区别开来思考。总之，切不可话太多。"在月光照耀下的窗口，被害人大喊救命的场景，倒是很有画面感。还有就是这位女士，"说着，他扭头看着身旁的明美，"她从衣柜里出来时的情景，还有保险柜前的格斗也都不错。但除此之外，就没有其他任何材料了。如果借钱的人不是案犯，就连动机是什么都搞不明白了。所以，即使你说把它编成一部电影，我也写不出来啊。"

"窗口那段可以拍成很好看的场景啊。因为是你亲眼看到的,想必印象特别深了。可以叫'月光下的杀人案'。"

(危险!危险!关于窗口的事谈论太多的话,会被他发现什么的。最好不要谈论这样的话题。)

"花田,你很有诗人气质嘛。调查血腥的犯罪案件时,偶尔也会感受到诗意吧?所谓物哀之情。"

"要说物哀之情可太多了。我这个人动不动就会同情案犯,这可是个坏毛病,在查案子时,这种多愁善感可是大忌啊!"

说着,两人一齐大笑起来。

就这样,在案件发生快两个月后的一天,花田又上他们家来了。他说了一些让克彦吃惊的话:

"你知道那位私家侦探明智小五郎吧?我和他已经认识六七年了,跟他学到了很多东西。有不少案子是经过他的点拨而成功侦破的。过去,人们认为,堂堂警视厅的警官向民间侦探求教,有损警察的颜面,常常被人说三道四。现在可不一样了,我的上司——侦缉一科科长安井就是明智先生的好朋友,已经没有人再说什么了。"

他这番话,大大出乎克彦的意料。他只觉得腋下冷汗直流,脸色或许都变了。

(你要镇定!因为这个就沉不住气的话,前面的努力不就打水漂了吗?镇定,一定要镇定!不管是明智小五郎还是什么人,都不可能看破我那个计谋。因为能够成为证据的蛛丝马迹,一点儿都没留下。不过，我也是，怎么一次都没有想到明智小五郎呢？怎么把这个人忘得干干净净呢？从很早以前开始幻想如何杀死股野时，我居然一次都没有想起明智这个名字，真是不可思议！我读过明智的所有破案故事，有一段时间对他非常沉迷。之所以没想起他来，可能就是因为所谓的"盲点"。我可能陷入了明智喜欢说的"盲点"。）

"关于这起案子，"花田继续说道，"我也请教了明智先生的看法。他说这是起非常奇妙的案子。于是我请他来现场看看，可是他说，不用去现场，听我详细讲讲就行。所以，后来我经常去拜访他，除了警方调查的过程，我还把这栋房子的布局、保险柜、火炉、衣柜的位置，以及其他琐碎家具的位置，锁门的情况，房屋外面的道路与房门、建筑物的关系，后门的情况，以及你们叙述的内容等，都一五一十地告诉他了，并且听取了明智先生的意见。"

克彦直勾勾地盯着花田的脸，想从他脸上读出些什么来。花田的表情很怪异，虽然嘴角浮现出笑意，但也可看成是嘲讽的笑容，给人感觉有些装腔作势。

（哼，原来如此啊。看来玩麻将、玩扑克，甚至喝酒，都是明智小五郎在背后指挥的。原来花田一直等着我和明美露出破绽呢！这事可就严重了，必须让明美也明白这里面的圈套。不过，等一等！我也许太多虑了，把一些无关紧要的事想得太严重了。犯罪者心怀恐惧是最忌讳的，因为犯罪者往往会不打自招。我们绝对不能被命运左右，只要不恐惧，就是安全的。我一点儿也不后悔，像股野这样的坏蛋被杀死是应该的，很多人额手称庆呢。因此，我完全没有受到良心的谴责。我不应该害怕，应该表现得很坦然！只要能沉着应对，我们就是安全的。）

然而，沉着应对，对于克彦这样的正常人来说，是相当困难的，就像和神在搏斗。

"那么，明智先生是怎么考虑的呢？"

克彦非常自然地——自认为是这样——面带微笑地随意问道。

"他认为，由于此次犯罪毫无线索，因此，找不到什么有力的物证，只能从心理角度进行调查。"

"那么，调查的对象呢？"

"有很多啊。目前被认为是清白的这些人都是调查对象。靠我一个人实在忙不过来。除了我，科里还有两个人都投入了这个案子。不过，对于心理调查，我们都不熟悉，真是有挑战性的工作啊！"

"警视厅很忙吧？大案子接连不断的。"

"很忙啊，只靠现有的人手实在应付不了。但是，对这起迷宫般的案子，我们会一查到底的。虽然不能动用全部警力，但小部分人会抓住几条主要线索，不分昼夜地追查下去。因为在我们的字典里，是没有'放弃'这个词的。"

（真是这样吗？如果像他说的那样，日本警视厅可真是让人敬畏。这样查下去，可就麻烦了。其实，这些不过是花田在夸大其词吧，报纸上不是报道过很多毫无头绪的案件吗？警察怎么可能所向披靡呢？）

"是很辛苦啊，但是也乐在其中。因为破案侦查也就是寻找犯罪嫌疑人，就和猎人追踪受伤的野兽一样。有一位检察官说过，我天生就是一个虐待狂，所以成了最称职的检察官。这就意味着，那些刑侦人员能够体验到最刺激的'虐待'滋味吧。"

克彦突然想挑衅一下花田警部，很想挖苦挖苦他。

"哈哈哈哈，你不愧是个文学家。分析得这么深刻，鄙人甘拜下风。不过，说到底，或许正像你说的那样呢。"

两人又大笑起来。

当天晚上，克彦告诉明美，明智小五郎已经参与这起案子的侦破了。明美脸色一下子变了。她在克彦的怀抱中吓得瑟瑟发抖。只有他们两人时，必然会互相表露出害怕的心情。

当天夜里，他们一直嘀嘀咕咕到凌晨三点，明美甚至嘤嘤哭了起来。看到她如此害怕，克彦也忧心忡忡。

"明美，现在是最关键的时候，咱们必须表现得若无其事才行。只要咱们镇定自若，就什么事也没有。我们只会输给自己，那是最危险的。他们绝对找不到把柄。所以，只要我们都不软弱，就一定能渡过这个难关，就会永远幸福下去，好吗？你明白了吗？"

克彦车轱辘话来回说着，说得嘴巴都酸了，才好歹打消了明美害怕的念头。

## 五

又过了几天,有一天晚上,花田警部来家里做客时,发生了一件让克彦和明美的心理发生转变的可怕事情。对他们来说,从那以后的十多天,每天都在与恐惧的搏斗中度过。所谓恐惧,就是对自己内心的恐惧;所谓斗争,就是和自己的心灵做斗争。

那天晚上,他们三个人加上女佣阿清,开始玩麻将。由于总是花田一个人赢,大家渐渐失去了玩兴。到了九点左右,就不玩麻将了,又喝起了黑标威士忌。喝到半醉时,花田拉着明美,跳起了交际舞。明美也有点醉了,咯咯地说笑着,和花田追逐打闹起来。花田满屋子逃窜,最后跑下楼梯,进了厨房。

"不像话!太太,花田先生不像话。"

女佣阿清好像被花田抱住了。

明美就从楼梯中途返回了屋里,有点扫兴的样子。克彦倒在沙发上,因为喝醉了,满脸通红。明美仰靠在他旁边。虽然醉眼蒙眬,克彦还是觉得有什么令人不安的东西正向自己袭来,仿佛在走廊某个阴暗的角落里站着一个幽灵似的。似乎是股野的幽灵……这种奇怪的感觉还是头一次。

正在这时,他们听到啪嗒啪嗒吓人的脚步声。喝得醉醺醺的花田走上楼梯,出现在他们的面前。阿清笑呵呵地说着什么,追着花田进来了。

"夫人,我给你们变个魔术吧。我刚才从楼下拿来了这个硬纸板做的点心盒盖子和剪刀,就用这个给你们表演一下我的拿手戏法。"

花田摇摇晃晃地站在麻将桌对面,摆出一副魔术师的架势来。

"用这张硬纸板,能变出什么东西来呢?请你们仔细看……"

花田左手拿着硬纸板,右手拿着剪刀,像落语表演者做剪纸动作似的,一边哼着三味线的调子打拍子,一边将硬纸板剪成巴掌的形状。

克彦只觉得脊梁骨一阵发冷,醉意全消,脑袋突然疼痛起来。明美就像真的看到了幽灵似的,眼睛瞪得圆圆的,张着可爱的小嘴。

"好了……首先剪成这种奇怪的形状。然后,我这儿有一只手套……"

他从口袋里掏出一只交通警察常戴的那种军用手套,戴在用硬纸板剪出来的五根手指上。

于是出现了一只白色的人手。他拿着硬纸板做成手套的下端,在自己的脸前,做出各种动作让他们看,看起来就像有一个人从他背后把手伸到前面一样。

有的瞬间，那副手套摆出的形态和案发当晚明美的动作完全一样。明美再也看不下去了，差一点儿就要叫出声来了。尽管没有像西方女人那样昏过去，也差不了多少。克彦此时也只能闭上眼睛不看了。

（我太愚蠢了。是我让这个男人随便出入，才导致今天这个局面的。我本以为这样做显得我坦然自若，看来还是失策了啊！不过，警视厅刑侦科的人绝对不会有这脑子，肯定是明智小五郎给他们支招儿了。我已经闻到了明智的气味，真是个可怕的家伙！看来那家伙已经想到那一步了。不过，这只是他的想象罢了。他这是在试探我们呢。能不能经受住考验，将决定我们的命运。浑蛋，我怎么会输给你们呢？我的对手不是花田，是现在看不到的明智那家伙。来吧，随便你们出什么招儿，我都不怕。我怎能被这种没有证据的恐吓吓趴下……可是，明美能扛住吗？明美是个女人，事情往往坏在女人身上……）

他使劲抓住坐在身旁的明美的手腕，就像在给她打气说"挺住！"似的，用他有力的大手紧紧握住明美的手。

"各位女士、先生，刚才我表演的不过是个开场戏。从现在开始，将给各位表演本人的拿手好戏。请看！"

花田更来劲了，口齿伶俐地说着台词，还朝着笑弯了腰的女佣阿清招招手，让她站到自己身边来。

"接下来请各位看一下，这条雨衣上的带子。"

这下子立刻让他们联想到那天使用过的股野的雨衣腰带。

明美的身体朝克彦倾斜了过来。克彦吃惊地急忙看明美的脸,她并没有昏迷。可能是由于过分紧张,身体一时发软。克彦用力握住她的手,祈祷明美能够尽可能表现得平静。然后,他自己装出喝醉的样子,闭上了眼睛。如果不闭眼睛,自己的表情一定会发生变化的。此时绝不能让花田看出自己的表情有什么异样。

(啊,这可不行!明美,你干吗把眼睛瞪那么大呢?这不是让他看出你的内心吗?听话,把脸转向我这边!)

他尽量不让花田觉察地悄悄搂住明美的肩膀,让她的脸朝向自己这边。

"大家请看,现在我要用这条带子绑住我的手腕……来吧,阿清,不要紧的,你把带子使劲给我绑紧!对,对,捆上三圈。然后,再把带子的两头系成死结!"

阿清一边咪咪地笑着,一边用带子将花田伸到她面前的两只手腕捆绑起来。

"正如大家所看到的,这位美人,将我的两只手腕紧紧捆绑起来了,这样我就无法挣脱了。"

说着,他夸张地想要把手腕挣脱出来。

"阿清,现在,请你从我的上衣口袋里拿出手帕,盖在我的手腕上。"

阿清按他的吩咐,把手帕盖在他捆绑着的手腕上。

"好了,如果我能把捆绑得这般结实的带子瞬间解开,请各位给我鼓鼓掌……"

只见他在手帕下面动了几下,猛然举起两只手给大家看。带子已经完全解开了。

克彦鼓起全部勇气啪啪地给花田鼓掌。由于只发出很小的声音,他就继续拍手,终于拍出了响声。他稍稍恢复了一些自信后,朝明美使了个眼色,让她也鼓掌,但明美只是勉强拍了两三下手,没有发出一点儿声音。

"刚才给各位表演的是藤田西湖[①]亲传的解绳妙法。我把手抽出来的这条带子,正如大家所看到的,还保持着原来的形状,打结的地方一点儿都没有松动。可是,这样表演,还不足以让大家开心。接下来,我要将两只手重新伸进刚才逃脱的绳索套里。和从绳索中把手抽出相比,把手再伸进绳索套里要难得多。我要是表演得漂亮,请各位为我喝彩……"

说着,他又在手帕下面动了一会儿,猛地把两只手举起时,两只手腕已经像最初那样,被带子牢牢捆绑起来了。克彦和明美又勉强鼓了掌,两个人都表情僵硬,只是做个拍手的样子,根本没有发出声音。

"哈哈哈哈,怎么样?表演很精彩吧?好了,变戏法到此结束。已经很晚了,我也该告辞了,最后再来一杯吧。"

---

① 藤田西湖(1899—1966):甲贺流忍术派的忍术家、武术家。

花田拿起桌上的酒杯，给自己倒了一杯黑标威士忌，然后端起酒杯，摇摇晃晃地向沙发走来。要是他也坐到沙发上，就会发现明美在打哆嗦。于是，克彦没等花田走过来，就赶紧站起来，拿起桌上的酒杯，给自己倒了一杯酒。

"来，干杯，干杯！"克彦一边喊着，一边挡在花田前面，和花田碰了一下酒杯。两人一口喝干杯中的酒，互相拍了拍肩膀。

"啊，对了，对了，明智先生还说了，那天晚上的月亮为什么那么明亮呢？是偶然的巧合，还是另有原因呢？他觉得有点奇怪啊！哈哈哈哈，好了，我该告辞了。"

花田砰地把酒杯放到桌上，迈着蹒跚的步子走向走廊上的衣架。

花田走了之后，克彦和明美又一连喝了几杯威士忌。因为他们实在无法忍受心中的痛苦了。

借着酒劲，克彦很快就睡熟了。可是，没能持续多长时间。到了半夜，他突然醒了，一看躺在旁边的明美，她正面色惨白，眼睛睁得大大的，一眨不眨地盯着天花板。她面颊消瘦，看上去就像个病恹恹的人。克彦没有心情像平时那样对她说些打气的话，因为他自己脑子里也很乱。

（那个叫明智的男人是个可怕的家伙！太可怕了！）

这句话变成巨大的声音，在他的脑海里回响。

然而，花田的心理进攻并没有结束。此后一连数天，可怕的毒箭接二连三地向他们身边飞来，让他们疲于招架。

第二天，明美在家里实在待不下去，就去了涩谷的姐姐家。傍晚回家后，她显得更加憔悴了。

她上了二楼，默默无语地从克彦的书房门口走过，直接进了卧室。克彦急忙跟在她后面走进卧室，看见明美双手捂着脸，坐在床上，就把手按在她的肩上，问道："你怎么了？出什么事了吗？"

"我已经撑不下去了。我一直被人跟踪着。你去看看，那人可能还在咱家大门前转悠呢。"

从明美的语调中，克彦感觉到了她的焦躁情绪。

克彦从卧室窗帘的缝隙里悄悄看向下面的小路，问道：

"是那个家伙吗？穿一件黑色大衣，戴着灰色礼帽。"

"是啊。他一定是花田的手下。我是在涩谷那站注意到他的。他跟着我上了同一辆电车，又和我一起下了车，然后一直跟到我姐姐家。我在姐姐家待了三个钟头呢。我以为他已经走了，可谁知从姐姐家一出来，不知什么时候，发现那家伙又在后面跟着了。真是烦死了！每天都这么被人跟踪，我实在受不了！"

"那是他们搞的精神战术。因为他们一点儿证据都没有，所以这么折腾我们，等着我们自己露出破绽。我们可不能上他们的当，这就是他们的战术，只要我们表现得若无其事，他们就会撤退的。"

"你总是这么说，可是整天这么撒谎，实在太痛苦了！我已经受够了，我现在真想在大家面前大声喊'杀死股野的人是北村克彦''他的帮凶就是我'。"

（女人到底是软弱啊，她已经变得歇斯底里了。看她这样子，我再怎么坚持，恐怕也没有用。）

"明美，你是女人，难免有时候会害怕。你好好想想，如果咱们就此认输的话，咱们这辈子就完了。不仅是我，你也会作为同谋受到审判，然后被投进可怕的监牢里。不仅如此，即使刑满释放，也没有钱了，没有人再理睬我们了。想到这些，无论多么难以忍受，也就都能忍了。听话，一定要坚强些！"

"你说的这些，我当然明白。可是，光讲道理没有用啊。这种让人无比厌恶的、坠入地狱深渊的感觉，我怎么也控制不了啊！"

"你现在精神不稳定，是睡眠不足的关系。你吃点安眠药，好好睡上一觉，可以忘掉一些痛苦。我得喝点威士忌，就是让人恋恋不舍的黑标威士忌。"

然而，事情并没有就此结束。只要明美外出，无论去哪儿，肯定有人在后面跟着她，每天都如此。她在家里时，无论黑夜还是白天，总有一个穿着黑色大衣的男人站在他家大门外面。

"太太，有个奇怪的家伙在咱们家后门转来转去。刚才我买东西回来，那家伙还看着我笑了笑。他会不会是小偷啊？"阿清气喘吁吁地报告说。啊，后门也有人在盯梢吗？明美当然知道那人不是小偷。

"是穿黑色大衣、戴灰色礼帽的男人吗？"

"不是，是个穿茶色大衣、戴鸭舌帽的人。那家伙长得凶巴巴的。"

（这么说，监视的人变成两个了。）

明美急忙上了二楼，从窗帘缝隙往马路上看，那边也有一个人。那个人靠着河沟边的电线杆，正斜眼盯着二楼呢。他正是那个穿黑色大衣的家伙。

而且，那天晚上，在房前房后监视的人变成了三个。克彦将书房的扶手椅搬到窗户边，坐在椅子上，从窗帘缝隙往下面看。虽然光线有些暗，看不太清楚，但是能看到电线杆阴影里站着一个人。还有一人装作散步，背着手，慢吞吞地走到对面的街角，再走回来，这样来回走个不停。

（他们真有耐心。看来要打持久战了，我们也必须拿出点耐心来。）

工厂烟囱上方升起了一轮红月亮。不过，和那天夜里的满月不同，今夜的月亮是月牙，是很不吉利的月牙。

（就是这轮像鬼一样的红月亮让我杀了人。那天夜里的月亮确实是个凶兆，可是今夜的月亮……）

又是什么不祥之兆呢？这时，他听到从卧室那边传来令人厌烦的抽泣声。真是的，她又哭起来了。明美像个小姑娘似的在哭泣。克彦两手抱头，弯腰坐在沙发上。他一边强忍着一阵阵发作的头痛，一边想：我不会认输的，你们尽管发起进攻好了，我绝不会退却的。

然后，他靠着服用安眠药让自己睡得如同一摊烂泥。第二天早上醒来后，他感觉精神又恢复了。

"喂，今天咱们俩出去散散步吧！今天天气多好啊，去动物园玩怎么样？然后去精养轩吃午餐。一天到晚总关在家里也不是办法，他们愿意跟踪就随他们的便。干脆请他们在精养轩吃饭好了，顺便戏弄他们一番。"

女佣阿清吃惊地送他们出去。他们各自换上自己最喜欢的外出服装，亲密地一起出了门。

他们故意没有叫出租车，而是乘了电车。不可思议的是，今天居然没有被跟踪。进了动物园后，他们还仔细地看看周围是否有埋伏，却没有发现跟踪的人。进出精养轩时，也没有看到什么可疑的身影。吃完饭，因为时间还早，他们又转到了有乐町，看了一场立体声宽银幕电影。去有乐町的路上，以及在电影院里，他们都没有看到像是跟踪的人。

对于他们两人来说，像今天这样的悠闲、快乐，真是久违了。一直到天快黑时，两人才高高兴兴地回了家。在家门前，也没有看到平时那几个人影。

（这些讨厌的跟踪、监视莫非就此结束了？尽管他们对我们进行了很猛烈的心理攻势，我居然都应付过去了。）

克彦迈着兴奋的步子进了家门。明美在初春的阳光下，也显得光彩照人，心情大好。女佣阿清已经准备好了晚饭，正等着他们两人呢！

"刚才花田先生来过。他说在书房桌子上，给你们留了一封信，请你们看一看，说完就回去了。"

阿清的语调似乎有些异样，好像提心吊胆的。

克彦一听到花田的名字，心里就感到厌烦。

（幽灵还在纠缠我们吗？不过，今天这封信也许是跟我们告个别吧。要是那样就好了。）

他飞快地跑上二楼，去找那封信。只见在办公桌中央，规规矩矩地放着一页用克彦的信纸写的信。

今天的好心情，转眼消失不见了。

（明智就要来了，那个可怕的明智就要来了。）

不知什么时候明美也上来了，正站在克彦身后看那封信呢。她的嘴唇已经没有了血色，眼珠像要跳出来似的瞪得大大的，死死地盯着那张信纸看。只见信上这样写着：

北村克彦先生：

  由于你们不在家，就给你们留下了这封信。明智小五郎很想见见你们，跟你们了解一些情况。所以，明天上午十点左右，我会带明智先生来拜访。请二位务必在家。

花田

读完信，两个人都没有说话。他们不敢说话了。本以为终于熬到头了，没想到陷入了最坏的境地。

两人默默下了楼，坐到饭桌旁边，晚餐吃得就像守灵晚餐一样。而且，他们发现，就连服侍他们吃饭的阿清，今晚也显得魂不守舍，不像平时那样爱说话。一跟她说话，她就吓了一跳似的，害怕地瞧着他们，不能好好应答。

"你怎么了？是不是哪里不舒服？"

"没有。"

阿清小声地回答，就像被人训斥的小狗一样怯怯地偷看他俩。

所有的事情都让他们感觉不愉快。二人三口两口吃完饭，上了二楼。克彦从酒柜里取出黑标威士忌，一连喝了两杯。他们走进卧室，换上睡衣后，明美在床上躺下，他坐在床边。他觉着今晚两个人必须好好地谈一谈。

"你说，该怎么办啊？咱们完了，我已经精疲力尽了。"明美说。

"我也烦透了。可是，我们还不能认输。事到如今，就看谁更有耐心了。他们手里一点儿证据都没有，所以，只要我们不坦白，就不会输给他们。"

"可是，连花田都明白了呀。那天他给我们表演假手套和捆绑魔术时，我就知道已经完了，他已经把一切都看穿了。股野死了之后，我做他的替身，从窗口喊救命的事；军用手套的事；替你制造不在场证明的事；还有我把自己绑上，假装被人关进衣柜的事。从头到尾不是都暴露无遗了吗？现在，再加上那个明智先生，我们哪儿还有活路啊！"

"你真蠢！虽说他们已经知道了，可只是推测出来的啊。明智的想象力的确很可怕，可想象毕竟是想象。正因为如此，他才使用变魔术的手法，对我们使用心理战术。要是现在放弃，不是正中了他的圈套吗？我倒是想会一会这个明智，和他面对面比一比谁更聪明。他在暗处，我们才会觉得他可怕，其实面对面的话，那家伙也同样是人。我绝不会露出马脚让他抓到的。"

讲到这里，明美突然用一种奇怪的眼神看着他，说道：

"你不害怕吗？我怎么老是觉着那边好像有什么东西。有一天晚上，我也觉着走廊阴暗的角落里好像藏着幽灵似的。现在我感觉就跟那天一样。"

"你又说这种奇怪的话，你也太神经兮兮了。"说到这里，克彦突然站起来，从书房拿来了威士忌酒瓶和杯子，又大口大口地喝起了酒。

"那天你为什么要和股野扭打在一起？为什么要勒他的脖子？为什么把他杀死呢？你要是不杀死他，事情也不会弄到今天这个地步啊！"

"胡说什么呢！正因为那个家伙死了，你才成了有钱人啊，才能和我一起这样自在地生活。更何况，我也不是预谋要杀死他的，是他先勒我的脖子，我才勒他脖子的。若是他的力气比我大，我早就被他杀死了。所以，我这是正当防卫。可是，如果去自首，我就无法和你在一起了。到时候你也会作为证人被传唤出庭的，而且还不知能不能继承遗产。为了不落到那个地步，我才想出这个计策。结果我们不是幸福地生活在一起了吗？所以无论发生什么事情，我们都必须保住我们的幸福！我还要继续和他们斗下去，我要和明智小五郎一对一地较量一下。"

说完，他又大口喝起了威士忌。虽然嘴上说些逞强的话，但若不喝酒，他根本没有那个胆量。

"喂，你听到了吗？刚才有什么奇怪的声音吧？家里一定有什么东西。我好怕啊！"

明美一下子抱住了克彦的膝盖。

就在这时，通往走廊的房门轻轻打开了，一个男人走了进来。

克彦和明美紧紧抱在一起，惊恐地盯着那个男人，两人扭曲的面孔反倒像是幽灵了。

"啊，是花田先生……"明美叫道。

那个男人慢慢地向床边走过来，一边说道："是我啊，花田。你们俩真可怜啊！我刚才在门外，听到了你们俩的谈话。你们要是这么痛苦下去，会死掉的。与其这样，还不如干脆改变想法，早点得到解脱。你们觉得呢？"

（看来这家伙一直在外面偷听啊。刚才的话全都被他听到了。可是，可是，证据在哪里？只要我们不承认说过那些话，他也没法子。）

"你有什么权力擅自闯进别人家里？你马上出去！请你立刻出

去！"克彦大声说。

"你可真是不客气啊！我不是和你一起玩麻将、玩扑克、喝酒的朋友吗？就算我没有打招呼就进来了，也不至于生这么大的气，赶我走吧？倒是奉劝北村先生，像我刚才说的，还是早些解脱为好。怎么样？"花田笑嘻嘻地说。

"你说的解脱是什么意思？"

"就是去自首呀。你，也就是北村克彦，就是勒死股野重郎的案犯。你为了制造自己不在现场的假证，让股野的妻子明美做股野的替身，演了一出从窗户露出脸大声呼救的假戏，对吧？"花田说话的口气十分客气。

"胡说！那都是你们想象出来的。我才不会自首呢！"

"哈哈哈哈，你说的什么话呀。就在刚才，你和明美女士不是全都坦白了吗？说得那么详细，已经没法挽回了呀。"

"证据呢？难道说是你偷听到的吗？那是无法成为证据的。也可能是你在撒谎。我会否认到底的，你又能怎么办？"

"可是你根本无法否认啊。"

"为什么？"

"你看看那里。就是床上枕头那边的墙上，壁灯的金属灯底座。"

花田这么不慌不忙地说道，克彦和明美听了不由得一哆嗦，向花田所指的地方看去。由于壁灯底座是在电灯亮光的阴影里，他们丝毫没有注意到那里。现在仔细一看，才发现那里的确有个东西鼓出来，是个很小的圆形金属物件。

"在你们外出期间,我说服了你家的女佣,在这面墙壁上钻了一个小洞。然后,从那个小洞拉了一根电线到隔壁松平家的厢房客厅里。此时,警视厅的侦缉一科科长安井等四五个人正在那个房间里监听呢。明白了吗?就是说墙上这个小小的金属玩意儿是个窃听器,隔壁那个房间里放着录音机,刚才你们所说的话全都被录在录音带上了。不,还不仅是你们两人说的话,就连现在我们的对话也全被录音。所以,刚才我为了日后调查方便,在提到有关人的名字时,故意说得很清晰。"

克彦听到这里,已经彻底放弃了。他深深感到,那个一直躲在花田背后的明智实在太可怕了。

(我输了,做梦也没有想到,他们会准备得这么周到。那张明智明天上午十点要来的纸条,也是为了把我们逼到不安的顶点,让我们自己说出刚才那番话的手段而已。他们一直在等我和明美一起外出的时机。今天,他们抓住了这个机会,说服了阿清,在屋子里安装了窃听器。我现在才明白,今晚阿清为什么那么害怕了。既然发现阿清的表情与平日不一样,为什么没有产生怀疑,引起警觉呢?事已至此,只能听天由命了。不是我愚笨,只是人是不可能一直说谎话的。)

"证人不光是警察,隔壁松平家的男主人也在场。而且,你们家的女佣阿清,现在也在隔壁的房间里。还有,今晚对话的录音带,

271

会在众人面前当场封存起来的。你们明白了吗？这样一来，你们就彻底解脱了。再也用不着像之前那样忍受痛苦的折磨，争吵不休了。"

说完这番话，花田警部站在那里，注视着他们两人，脸上露出从未见到过的严肃神情。明美在花田讲到一半时，已经倒在床上痛哭流涕了。克彦一直抱着胳膊，垂着头，等花田把话讲完，他抬起头，表情严峻地开口说道：

"花田，我认输了。给各位添了许多麻烦，非常抱歉！不过，我最后还想说一句话。你们的做法虽然不是对人的身体进行拷问，却是对人的心灵的拷问。拷问肯定是不公平的。说得再严重些，是一种卑鄙的手段。我想请你们把我的话转达给明智先生。"

听了克彦的话，花田露出困惑的表情，他略微思索了一下，很快恢复了沉稳的表情，说道：

"这恐怕是你想错了。不错，我们确实使用了各种方法，对你们施加了心理攻势。但这是不得已而为之。因为你的计策非常巧妙，我们找不到任何实物方面的证据。可是，如果就此放弃，就不能让有罪的人得到应有的惩罚。所以，我们只能采取心理攻势。但是，这种心理攻势与所谓的逼供性质完全不同。所谓逼供，是指运用严酷的讯问方式，使一些无罪的人违心认罪的情况。给肉体用刑即属于此。此外，像一昼夜，甚至两昼夜不让嫌疑人睡觉，长时间连续逼供等审讯方式，也可以称之为刑讯逼供。但是，像这次我们对你们采用的方法，如果你不是罪犯，那就是无关痛痒的。因为我们并没有采用任何强迫你们做出虚假证词的手段。你们之所以感觉恐怖，觉得好像被逼供，那是因为你们就是罪犯。不然的话，即使我给你们表演那样的魔术，你们也会不以为然。跟踪也是如此，如果心里没有鬼，无论怎样被人跟踪，也不会说自己杀了人。这种心理拷问与德川时代的刑讯逼供完全是两码事啊……你明白了吗？"

克彦深深地低着头，没有回答。

# 乱步谈侦探

我的侦探爱好 | 侦探趣味 | 幻影城主

## 我的侦探爱好

本次读者问答有提问要我聊聊有关处女作的故事，不巧的是，和这本杂志同时期发售的另一本我们的同人志里也有类似的问题，而我已经把该写的都写了，现在只能回想一下最初执笔侦探小说时与生俱来的侦探爱好。

说到底，我这样的新人写回忆录会给人高傲之感，不免有些难为情，不过也算趣事一件。听一听同样喜爱侦探故事的男人讲自己的过往，对于世间有着相同爱好的各位来说，也并非全无兴趣吧！

有意思的是，我母亲便是个如假包换的侦探小说迷，不得不说基因遗传很强大。记得在我五六岁那会儿，父亲每日上班，我们在家闲来无事，常围坐在暖桌旁，有时听祖母读她借来的家族纷争等题材的小说，有时听母亲读她借来的黑岩泪香的著作。

我总是躺在一旁侧耳倾听，就这样逐渐被熏陶成了侦探爱好者。其间，我上了小学，大约在刚升入三年级时有一场学艺会，需要我在同学和家人面前讲故事。恰好那时家里订阅了《大阪每日新闻》，里面有菊池幽芳先生翻译的侦探小说《秘中之秘》的连载，母亲每天都会念给我听，我便在学艺会上讲了这个故事。在我的印象里，老师并未表扬过我。类似的事之后也有过几次。

我在小学期间几乎读完了泪香的全部著作，而且当时看过的东西现在翻翻也很有趣。有的作品也许看过多达十几遍。十二三岁时，我和祖母去热海泡温泉，从当地书店借来了《幽灵塔》，引人入胜的感觉至今难忘。

直到中学毕业，我这个乡下人还没听过柯南·道尔的大名。孤陋寡闻的我很喜欢三津木春影在柯南·道尔和弗里曼原作基础上改写的《吴田博士》。当看到改写自弗里曼的作品，以《奇绝怪绝飞来的短剑》为题的小说出现在《冒险世界》时，我惊诧不已。我当时曾感慨不愧是《冒险世界》，刊登了一篇绝佳的侦探小说。作者是小杉未醒的弟子村山槐多，内容之精彩，今日读来也丝毫不过时。

我开始阅读英文侦探小说是在中学毕业去东京开始苦读之后。当然，因为没钱买书，我便在图书馆大肆搜寻，读的都是旧作，杂志也仅有《海滨杂志》而已，在如今的侦探爱好者看来很是幼稚。我也是在那时知道了爱伦·坡的侦探小说，记得读的第一本是《金甲虫》，毫不夸张地说，看这本书时我欣喜若狂。之后，我便完全沉浸在了侦探小说的海洋里，尽一切可能在图书馆和旧书店里搜罗英日文侦探读物。不过，当时并不知切斯特顿、勒韦尔或比斯顿，这些都是后来阅读《新青年》时首次接触的。说是搜罗，却十分有限。但我读得很开心，编制了已读侦探小说索引类的册子，现在还保留着。当时还绞尽脑汁地研究了暗号之类的东西，也尝试过翻译之类，初期译稿还保留着五六篇。

在日本的侦探小说里,最早打动我的便是刚才提到的村山槐多的著作,之后醉心于谷崎润一郎和佐藤春夫的作品。我开始关注谷崎先生的著作是在阅读《金色之死》之后,由于和爱伦·坡的某篇作品相似,我记得阅读时非常愉快(虽然《金色之死》并非侦探小说)。

由此可知,我是个天生的侦探爱好者,但未曾想过自己执笔。我大学的专业与此毫无关联,毕业后的经历也多以实际业务为主,开过旧书店,也卖过中华拉面,但从未萌生过写小说这种叛逆的想法。可以说向《新青年》投稿了《二钱铜币》并被幸运地采纳是最早的经历,我认为这归功于运气。

话说回来,在那之前我曾写过两篇未投稿的作品。两篇都是十年前写的,和最近开始写的毫无瓜葛,只是写是写过的。一篇是三津木春影在《日本少年》连载侦探小说,却在执笔不久后不幸去世,该杂志面向读者征集后半部分时,我抱着玩的心态随意写的。当然没有寄出,那篇铅笔文稿保留至今。另一篇是同一时期创作的名为《火绳枪》的三十页左右的侦探小说。当时我没有勇气向杂志社投稿,两三年后我因为一些事与漫画家吉冈鸟平变得亲近起来,于是重新誊写了一遍,拜托他帮我投稿给《讲谈俱乐部》。不知道吉冈有没有寄给出版社,总之原稿后来并没有寄回给我。这篇讲的是太阳光照到圆形玻璃花瓶上,由于凸面镜原理形成的焦点恰巧照到旁边的火绳枪点火口导致走火杀人,而案发后无论怎么推理也找不到犯人的故事。后来才知晓，勒布朗与另一位英国作家在写侦探小说时用了相同的诡计。我觉得自己要早于那二人，不免有些得意。

这样边回想边写会变得漫无边际、没完没了，姑且写到这里吧。最后讲一个能证明我有多么痴迷于侦探的笑话。那是很久以前的事了，岩井三郎的侦探事务所曾招聘侦探，我就厚着脸皮慢悠悠地前去应聘了。我在吴服桥一带下了电车，在大道上走了一会儿，便看到事务所所在的一幢气派的三层小洋楼。递出名片后，门童把我带进一间整洁的会客室。忐忑不安地等待后，所长岩井三郎穿着夏天的白色单衣出现了。记忆中的他鹤发童颜，容貌有些棱角。我们聊了什么现已记不太清，总之我回答了岩井先生的提问，也讲述了自己如何喜爱侦探故事，还表示自己有信心胜任侦探工作。如今回想起来感觉怪怪的，但当时确实想当一名合格的侦探。

很遗憾，当时我并没有被录用。试想当时如果我真的成了侦探，我会成为什么样的侦探呢？想想就觉得好笑得不得了。

（《大众文艺》1926年6月）

# 侦探趣味

所谓侦探趣味，即侦探小说式的趣味，称之为猎奇趣味亦可。换言之，就是喜好诡谲奇拔之奇闻异事。只要人类尚存好奇心，此等趣味便不会绝迹。

一方面是怪奇、神秘、恐怖、疯狂、犯罪、冒险之事本身具有的趣味；另一方面，则是将这些不可思议、诡秘或危险之事加以巧妙破解的智力解谜趣味。侦探趣味就是由这些要素聚合而成。

除了爱伦·坡或柯南·道尔等作家的侦探小说，人们常提到的陀思妥耶夫斯基等作家，也有很多作品充满侦探趣味。实际上，不包含侦探趣味的作品是根本不存在的，这么说也毫不为过。人们说"不可只读小说的情节"，这"情节"，从某种角度来说，就是指的侦探趣味。

在西方，爱伦·坡被认为是侦探小说的鼻祖，但在他之前，还可以举出霍夫曼、巴尔扎克、狄更斯和维多克等。而在东方，有日本的大冈政谈[①]风格的作品，鼻祖是西鹤的《樱阴比事》，更早的鼻祖

---

① 大冈政谈：记录江户时代官员大冈忠相在任期内的各种审判的公案小说。

则是中国的《棠阴比事》；在诈骗故事方面，中国有《杜骗新书》[①]《骗术奇谈》，日本有《昼夜用心记》《世间用心记》。从古时开始，已有类似侦探小说之作了。

再往前回溯，从早期的神话中也可以找到侦探趣味。我曾在其他文章中提过，日本神话中，当天照大神躲在岩洞里的时候，天钿女命在洞外翩翩起舞，八百万神明随之嬉笑喧闹，这即是一种计谋，是侦探小说里常常使用的元素。有趣的是，爱伦·坡用同样的计谋写过一篇侦探小说。短篇小说《失窃的信》中描写了这样的情节，侦探雇用了一帮无赖在家门外大叫："着火啦！着火啦！"然后他趁主人公注意力被引向窗外的时机，拿走了信件。柯南·道尔在《波希米亚丑闻》等作品里也用同样的套路构成了小说的中心意趣。虽说是不值一提的事，但神话与侦探小说用了同样的计谋，这一点我觉得非常有趣。

除此之外，须佐之男尊凭借八桶酒设计斩杀了八岐大蛇的故事也充满侦探趣味。另外，《日本书纪》记载，这个不是神话，在天皇时代的钦明帝时期，肃慎人曾献上鸟羽之物。不知那是黑色的布，还是黑色的羽毛，由于上面什么字也没有写，朝廷大为困惑。所有人都一筹莫展之际，朝臣王辰尔将其置于冒蒸汽的锅上，上面的字迹便显现了出来。这令人联想到现在人们用隐形墨水记述下来的暗号，由此

---

[①]《杜骗新书》：明代张应俞创作的小说。以故事形式描绘晚明社会形形色色的骗局。

可知，作为侦探趣味重大要素之一的暗号古已有之。

说到暗号，在西方自古希腊、古罗马时代便已经广泛使用了。普鲁塔克[1]认为，当时国王与战场上的将军之间，就是通过一种叫密码棒的方法进行秘密通信的。国王和将军分别持有一根同样粗细的木棍，发信者将长长的羊皮纸卷在棍子上，在羊皮纸的接缝处写字，收信者则将它卷在同样的木棍上读信，没有这根木棍便无法读信，用这样的方式来保密。后来，暗号在西方逐渐兴盛起来，有关著述也层出不穷。有段时间里，暗号甚至成为朝廷的重要技术，查理一世还因亲自设计暗号闻名于世。

话题扯远了，总之，我想说的是，侦探趣味这种东西，自古以来，就在人类生活中起到了非同小可的作用。

一说到侦探小说，总会给人一种不入流的印象[2]。真不知这个名字让它吃了多少亏。"侦探"这个词语，让人立刻联想到小偷或是警察，真是岂有此理。侦探小说并不局限于描写抓小偷的内容。即便描写小偷，也是描写小偷这个人的心理，或是侦探的绝妙推理，因此，重点绝不在于小偷或警察的身份本身。

侦探小说与学问的缘分深厚。柯南·道尔原本是个医生，因此

---

[1] 普鲁塔克（约46—约120）：罗马帝国时代的希腊作家，以《希腊罗马名人传》等作品闻名后世。
[2] 当时正值日本推理小说的起步阶段，推理小说被称为侦探小说，这类作品常被认为是不入流的粗俗作品。经过江户川乱步等人的努力，推理小说被越来越多的人认可、接受。现在，推理小说在日本已成为大众文学的一种，广受人们喜爱。

在他的侦探小说中，运用了大量的医学知识。弗里曼也常常使用显微镜。在日本，我们的同道中人小酒井不木先生是一位医学博士，能够写出医学侦探小说这样独具特色的作品。医学、物理学、化学、动植物学、法学等所有学问都是侦探小说需要的。有一种类型叫心理侦探小说，即侦探小说采用了心理学。其实，弗洛伊德的精神分析学之类，很早以前便被侦探小说所使用。与其说是使用，应该说在弗洛伊德出现之前，侦探小说家已经将精神分析的理论运用于实际了。例如爱伦·坡的《莫格街谋杀案》里的主人公杜邦，他通过朋友的眼珠转动等行为举止，便一一猜中了对方心中所想，这不就是很明显的精神分析吗？

说侦探小说与学问缘分深厚，除了上述原因，还有一种说法，那便是研究学问乃是一种侦探活动。小酒井博士也有这样的体验，我上学的时候，主要是出于侦探趣味而学习某一门学问的。我基本上不听课，却经常出入图书馆，对于一个问题，我会收集不同作者的看法，进行整合、分析，其间不断地得出自己的见解，乐此不疲。这和侦探小说的主人公追踪犯罪痕迹的方法如出一辙。学习语言学也是如此，至少对我来说，将异国的语言一个字一个字地去理解，最后破解其整句话的意思，这个过程正是侦探趣味。

再来看看我们身边，只要有两个人的地方，必然在进行侦探活动。说好听点儿，是好奇心，说难听点儿，便是猜疑心，这可以说是人的本能。这可以发展成为研究心，也可能演变成嫉妒心。双方一边谈话一边探查对方的内心，无论多么高尚的人都是如此。巧妙地探究对方的心思，并将其善用之人，会成为生存竞争的胜者。而不善用者被人们说成不谙世事。政治家、外交家、法官等职业，都需要积极意义上的"侦探"。市井的街谈巷议，也是热衷于刺探左邻右舍的内幕。实业家的经济战中，侦探手段也是如影随形，区别只是善用与不善用而已。

  前述内容虽不免有牵强附会之嫌，但侦探趣味就是如此广泛而深入地根植在人心里。我认为，将侦探趣味赋予故事形态的侦探小说会如此流行绝非偶然，越来越流行乃是理所当然的。而且，无论是从社会的角度，还是从艺术的角度看，都是不应该加以排斥的。

（1926年）

# 幻影城主

某杂志社寄来的明信片上有这样一个问题："在今年登过报的犯罪案件里，您最感兴趣的是哪个？"我回答如下："我从未对实际发生过的案件产生兴趣，这些只能让我看到现实中令人痛心的苦恼。"

以前一旦出现悬而未决的犯罪案件，报社记者便去探访侦探小说家咨询意见，这种做法一度盛行。每每此时，从不关心社会新闻的我便深感困惑，到头来经常做出对记者反向提问等不太体面之事。

许多人问过我这个问题："你写小说时想必从真实的犯罪案件中获得了许多灵感吧？"我总回答："不，从没有这回事。我的侦探小说和实际发生的案件毫不相干，二者存在于泾渭分明的不同世界里，所以我对犯罪实录之类的丝毫不感兴趣。"

曾有一些见多识广的老人热心地给我讲些稀世奇案。故事本身离奇曲折，讲述方式也引人入胜，很多人听来或许觉得精彩，但我认为无论什么样的真实故事都不如评书有趣。我是个不可救药的虚构世界的居民。我虽然欣赏大苏芳年的无惨绘[1]，对真正的鲜血却兴趣索

---

[1] 无惨绘：又称为无残绘、残酷绘，是浮世绘的风格之一，主要描绘残酷的杀戮场面。

然，凶案现场的照片只能令我作呕。

"对我来说，白天不过像个虚构的世界，我的现实只存在于梦境中，那里才有我真正的生活。"[①]爱伦·坡曾写下大意如此的话。

"暗夜幻象为梦境，白昼掠影称作何。"这是几年前我请谷崎润一郎先生写的和歌条幅，至今仍挂在壁龛里。这和爱伦·坡的话仿佛有些相通之处，我视若珍宝。

陀思妥耶夫斯基的《女房东》中主人公奥尔德诺夫"自孩提时期就是个出了名的怪人，因自身性格古怪，被同伴评价为凉薄无趣而一直忍受非议"。

我正好读到这里，因而引用了这段话，但在陀思妥耶夫斯基的作品中处处可见这类人物。

《女房东》里的上面这段文字，让我感到某种近似乡愁的情绪，于是我回顾了自己的少年时代。那个少年对于"被同伴评价为凉薄无趣"格外敏感，却面无表情仿如能面具[②]，外表老实，内心却极其厌恶现实。

少年时期的我走在夜晚的昏暗街道上时，喜欢没完没了地自言自语。我当时住在小波山人的《世界童话》之国里，这久远的奇异国度才是令我充满好奇的现实世界，比起白天的砸圆卡游戏要真切得多。

---

① 爱伦·坡类似的原话是："人间的现实对于我就像是梦幻，而且是唯一的梦幻；梦境中的奇思异想反倒成了我生存的必需品，甚至完全成了生存本身。"——编者注
② 能面具：日本传统艺术能乐表演时佩戴的面具。

我自说自话的内容，全是在那比现实世界更真实的幻影国度里发生的事，还会加入各色人等的声音。可若是在这夜晚的小道上被什么人搭了话，我便不得不立刻回到这宛如异乡的现实中来。随后，飞扬的神采即刻消失，我又成了一个怯生生的老实人。

我是乘坐文字之船前往那精彩的梦幻国度的，因此文字在我看来是存在于另一个世界的神秘之物。从文字到铅字，那个四四方方、不怎么讨人喜欢的铅与某金属的合金，好像与这世上的任何物质都迥然不同。铅字正是通往我那梦幻之国的宝贵桥梁，我十分钟爱这种"铅字的非现实性"。

我为了得到购买铅字的资金，持续了半年严于律己的生活。虽然已记不太清，多半是和家人做了早起的约定。在约定结束那天，我拿着父亲给的大笔赏钱，飞奔到镇上唯一一家铅字店，成堆地买下闪闪发光、散发金属气味又让人怀念的四号铅字，让店家帮我包好。还买了几个白木质地的铅字盒，和朋友两人搬回了自己那个四叠半大小的房间。

买了铅字、木盒和一罐印刷油墨后，赏钱便见了底，于是我只能自己制作印刷机。我曾在附近的名牌印刷店里看到过一台木质的按压印刷机。

手写童话原稿，拣字工一般挑拣铅字，又如排字工一般将其一一排列，将滚筒涂满墨水，贴上半张草纸，用力将按压机压下去时，那不可思议的喜悦之情让我终生难忘。我终于拥有了前往精彩国度的船舶，成了这艘美丽船舶的船长。

无论社交能力还是臂力都低人一等的少年放弃了在现实世界称王，而想在幻影之国建一座城池，成为那里的城主。就算是镇上最厉害的小霸王，也无法攻陷幻影之城。不，他们甚至想不到去攀登这通往城堡的云梯。

如果少年的成长经历如此，那么他自然不会好奇现实中发生了什么，也没想过借助文字之力将世界变得更好或更糟，这对他来说完全是另一个问题。如果小说必须像政治论文一样，仅为了积极改善人生而写，他定会如厌弃"现实"一样厌弃"小说"了。

这个少年长大后，学会了生活处世（自己竟然变得这么世俗，他一回到梦幻国度，便气愤得不禁握拳），开始辛勤工作。他曾担任私人贸易公司的总管和大公司的职员，工作并不难，但要作为地上城池里的一个小卒，装出享受现实的模样来，这令他痛苦至极。因为如果不执着于现实（至少要假装如此），便无法胜任营利公司的工作了。

他必须朝九晚五待在现实世界，而只靠夜晚的睡梦无法满足他的贪欲，他想要更多脱离现实世界的时间。然而，同事一定觉得这个不参与聊天、总默默发呆的人性格古怪，在这种时候，因为在意同事的看法，他不能彻底变为幻影城主。对孤独和幻想的强烈渴望总是让他无来由地焦虑。

在某公司的单身员工宿舍里，他把分给自己的六叠大小的屋子空着，躲进壁橱的隔板上层。但随时会有同事擅自拉开门闯入，因此即便畅游在幻影之国，他也无法假装不在。

他把被褥铺在漆黑一片的壁橱内隔板上躺了进去，整日屏声静气。当时正在学习德语，他清楚记得自己在壁橱里的墙上随手写下"Einsamkeit"（孤独）等单词，他必定曾因孤独而感到悲伤。但同时他也在享受这份孤独，只有在阴暗的壁橱里，他才是梦之国度的王者，是幻影城主。

不过作为一个工薪族，这种悠闲自在的生活是不能长久的。他待不下去了便辞职而去，不断更换工作单位，苦于在现实世界里无一处可容身。然后，他少年时代的"铅字"船舶终于归来了，以幻影城主为职的谋生之路在他面前铺开，他唯有在这里才有一方安身处。

可能有许多小说家是为人类斗争的战士，还有许多小说家也许只是通过取悦读者来谋利的笑星。但我总感觉，这是站在现实的功利角度硬生生套上去的谬论，任何一个小说家，也许或多或少都是因为不适合做现实世界（地上）的城主，而更适合当幻影城主，所以选择了这条路吧。而且，这比任何功利心更加重要。

我觉得身为幻影城主，对现实发生的罪案漠不关心也没什么可惭愧的。

（《东京日日新闻》1935年12月）

# 江户川乱步大事记

**1894年** ● 10月21日，出生于日本三重县的小康之家，本名平井太郎，是家中长子。

**1896年** ● 因父亲工作变动搬家，次年再次搬家。成年后也多次搬家，一生搬家46次。

**1912年** ● 父亲破产，家道中落，曾一度随父下乡垦荒，后独自上京求学。

**1915年** ● 在早稻田大学求学期间创作处女作《火绳枪》，未能发表。

**1919年** ● 25岁，与读书会上相识的小学教师村山隆子结婚，后为谋生辗转从事过多种工作，常常穷困潦倒。

**1923年** ● 29岁，得到《新青年》杂志主编森下雨村赏识，发表《二钱铜币》而正式出道。当时日本几乎没有本土的原创推理小说，乱步创作的《二钱铜币》《一张收据》《致命的错误》等作品的接连发表，标志着日本进入了本土推理小说创作的新时代，同时标志着日本本格派推理的诞生。

**1924年** 11月，从大阪每日新闻社辞职，开始成为专职作家。

**1925年** 1月，《D坂杀人事件》在《新青年》杂志发表，日本首位名侦探明智小五郎正式登场。明智小五郎在此后的数十年间成为日本家喻户晓的名侦探，《名侦探柯南》里的毛利小五郎以及《金田一少年事件簿》中的明智警视都是在向其致敬。10月，《人间椅子》在《苦乐》杂志发表，成为日本推理以阴冷诡异、猎奇妖艳为特征的变格派的代表作。

**1927年** 作品《一寸法师》被拍成电影，乱步却逐渐对该作品心生厌恶，一度决定封笔，在日本各地流浪。

**1936年** 42岁，开始写作面向青少年的作品，《怪人二十面相》在《少年俱乐部》杂志一经发表便引起读者的热烈反响，乱步的部分面向成人的作品也被改编为适合青少年阅读的版本。

**1939年** 二战以来，日本对推理小说的审查日趋严格，作品《芋虫》被禁止发行。

**1947年** 53岁，侦探作家俱乐部成立，乱步成为首任会长。该俱乐部就是后来的日本推理作家协会。

**1949年** 55岁，爱伦·坡逝世100周年之际，乱步出版了《侦探小说四十年》，对自己过去的创作做了总结。爱伦·坡是乱步最喜欢的推理作家，江户川乱步这个笔名就是取自埃德加·爱伦·坡的日语谐音。

**1954年** ● 乱步60岁寿辰时,用自己的积蓄设立江户川乱步奖,用以鼓励新人进行推理小说的创作。东野圭吾、高野和明、下村敦史等知名作家都是在获得江户川乱步奖后出道的,现在江户川乱步奖已成为日本推理界至高奖项。

**1961年** ● 鉴于多年来对日本推理文坛的卓越贡献,日本天皇授予乱步紫绶褒章。

**1965年** ● 乱步因脑出血病逝,享年71岁。江户川乱步作品的大全集在其生前和逝世后各出版了四次,日本至今找不到第二个作家有这样的成就。

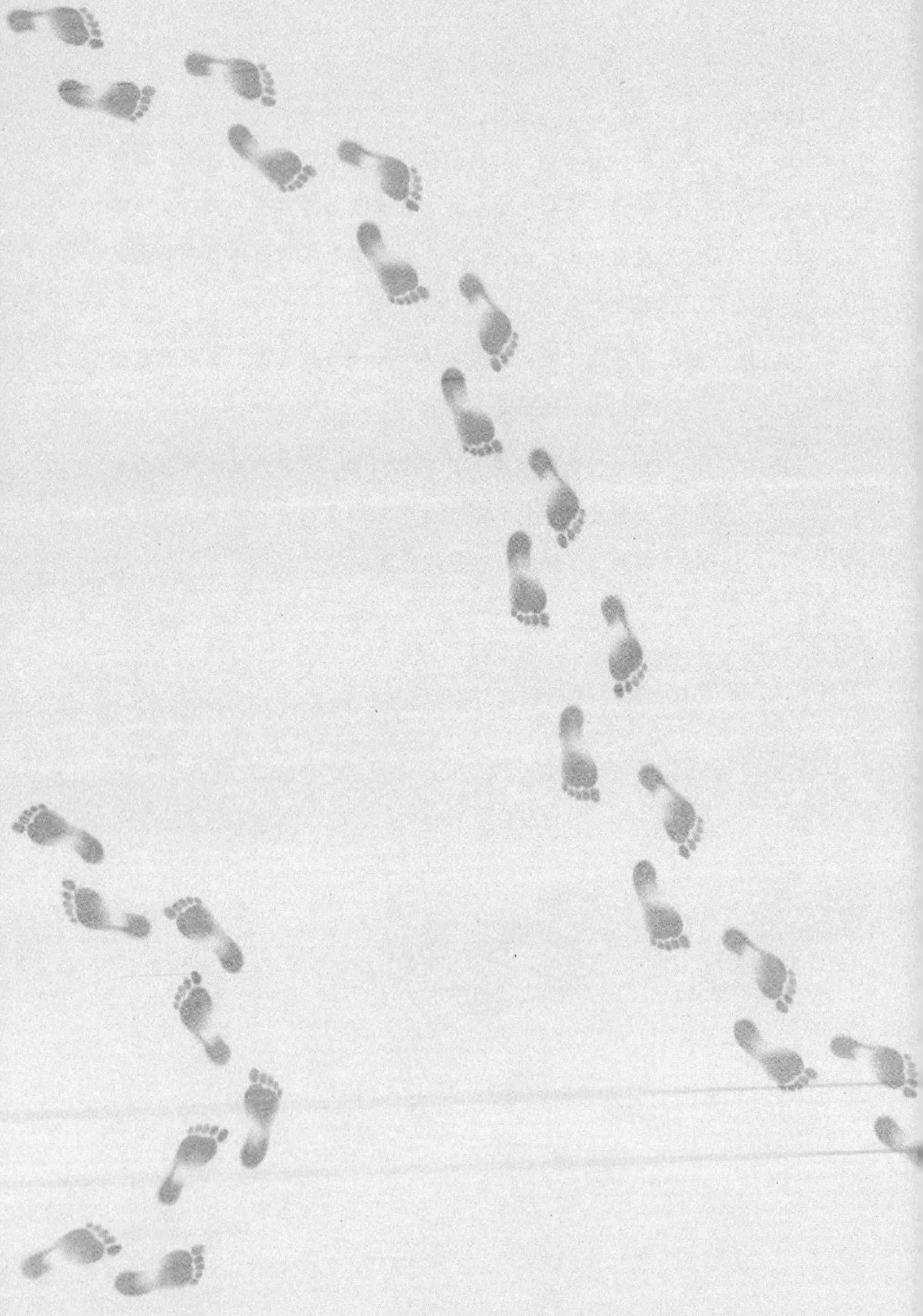

## 读客
## 悬疑文库

### 认准读客读悬疑,本本都是大师级。

专注出版中、英、美、日、意、法等世界各国各流派的顶尖悬疑作品。

为读者精挑细选,只出版两种作品:
经过时间洗礼,经典中的经典;口碑爆表、有望成为经典的当代名作。

跟着读客悬疑文库,在大师级的悬疑作品中,
经历惊险反转的脑力激荡,一窥人性的善恶吧。

扫一扫,立即查看悬疑文库全书目,
收集下一本精彩悬疑!